희수[喜壽], 나는 지금도 잘 지낸다

희수[喜壽], 나는 지금도 잘 지낸다

초판 1쇄 인쇄일 2019년 4월 26일
초판 1쇄 발행일 2019년 5월 3일

지은이 고명희
펴낸곳 도서출판 유심
펴낸이 구정남·이헌건
마케팅 최진태

주소 서울 은평구 통일로 684 서울혁신파크 미래청 1동 303B(녹번동)
전화 02.832.9395
팩스 02.6007.1725
URL www.bookusim.co.kr
등록 제2017-000077호(2014.7.8)

ISBN 979-11-87132-38-7 03810
값 16,000원

喜 壽

희수,
나는 지금도
잘 지낸다

고 명 희

빚고 찍고 쓰다

도서출판 유심

석류 문양 장군 길이 26cm

만만치 않은 인간살이는 누구에게나 주어지는 소명.
말없이 살아내기 어려워 몸도 마음도 아파 오는 나이에
나의 아픔은 배움이 잘 얼버무려주었다.
간단하게 배워 오래 즐길 수 있는 것을 참으로 오랫동안 탐했다.
그중에서도 글 써서 노트에 남기기, 사진 찍기는
가장 오래 탐했던 것들이다.

회갑이 되는 해에 시작한 도예 공부는 올해로 16년이다.
흙으로 빚어 만드는 그릇 하나하나에 이야기를 담을 수 있어 재미있었다.
꿈을 담을 수 있었다.
흙으로 빚은 그릇이
마치 보석 같은 빛으로 다가올 때의 희열은
글쓰기와 사진 이상의 것이었다.

지인들은 지나가는 말로 전시회 한번 해야 하지 않겠느냐고 한다.
한 일주일 보여주기 위한 전시회를 위해 쓸 비용으로
도록을 만드는 것이 낫지 않을까 하는 생각에
『나는 지금도 흙으로 꿈꾼다』를 내놓았다.
나의 도예 작품을 직접 촬영하고,
블로그에 넣어두었던 글들을 꺼내놓았다.
평생의 취미 3종 세트를 모아 책을 만든 것이다.

투각 바리에이션 4

첫 번째 책 『나는 지금도 흙으로 꿈꾼다』 덕분에
도예공방 '토기장이의 집' 초대전도 할 수 있었다.
올해도 초대전이며, 그룹전을 준비해야 한다.
그 때문에 계속 그릇을 만들어내고 있다.
책이 인생의 터닝 포인트가 되어
70대 중반의 나이에 쉼 없이 무언가를 하며
나의 삶을 살아내고 있는 중이다.

그렇게 희수(喜壽)라는 시간이 다가왔다.
나름대로 의미를 부여하고 싶었다.
나이 든 여자가 늙음을 한탄하지 않고
이렇게 잘 살아가고 있음을 이야기해주고 싶었다.
몸은 아파도,
마음은 탄탄하고 건강하게 살아가고 있다고….
최근 유발 하라리의
『사피엔스』, 『호모데우스』, 『21세기를 위한 21가지 제언』을 읽었다.
작가가 얼마나 이야기를 좋아하는 사람인가를 알 것 같았다.
나도 마음에 많은 이야기를 만들어 안고 싶다는 생각을 하게 한다.

그동안 만든 나의 그릇에 꽃을 담을 것이다.
그동안 나의 좋은 벗이었던 책으로 이야기를 만들어 마음에 담을 것이다.

투각 바리에이션 9 꽃길놀이, 높이 60cm, 꽃 43송이

그렇게 희수(喜壽)에 있는 내가 잘 지내고 있음을
나와 같이 나이 먹어가고 있는 분들,
몸과 마음이 아픈 분들과 나누고 싶다.

책을 젊은 아가씨처럼 예쁘게 만들어주신
도서출판 유심의 구정남 대표님과
이헌건 작가님에게 감사드린다.
작품이 잘 나오면 자신의 일처럼 기뻐해주시는

투각 바리에이션 10 꽃길놀이, 높이 60cm, 꽃 43송이

'발공방'의 민광희 도예 작가님의 가르침도 잊을 수 없다.
그리고 나를 아는 모든 분들에게
감사의 인사를 올린다.

샬롬.
우리 모두에게 평화가 깃들기를…

2019년 4월 **고 명 희**

목차

5부 / 소소한 이야기

꽃 담器 5 높이 20cm

1부
추억의 나이

이것저것 급격하게 잊어가는 나이 70대.
그러나 오래된 일은 기억할 수 있는 나이.
부모님을 추억할 수 있는 나이에 있다는 것은
참으로 다행한 일이다.

투각 바리에이션 2 높이 28cm

하얀색의 기억

어느 봄날이었지.
나는 아버지의 품에 안긴 채
하얀색 털실로 짠 케이프를 두르고 있었다.
포근한 날씨에 가족들과 고궁 나들이를 한 날이었던가?
파란 하늘을 배경으로
커다란 기와지붕에 앉은 잡상(雜像)에
시선을 빼앗겼던 게 가장 오래된 기억이다.
이전의 기억은 없다.
그날의 단편적인 영상은 내 기억 속에 생생하게 살아있다.

하얀색 포근한 털실의 감촉은 내 인생 전반에 남았다.
나의 딸에게도, 손녀에게도 하얀색 털실로 케이프를 짜서 입혔다.
반짇고리에는 지금도 하얀색 털실이 늘 준비되어 있다.
주로 목도리를 떠 주곤 하는데,
올해는 행운의 무지갯빛으로 할 예정이다.
하은, 하성이가 받아 주었으면 좋겠다.

더 오래도록 남은 영상은 하얀색이다.
지금까지 내가 좋아하는 색이다.
나의 하얀색 취향은 하얀색 작은 꽃을 사랑하는 마음을 갖게 했다.
작고 작은 흰 꽃 가운데 가장 놀라운 것은 취나물 꽃이다.

고궁의 지붕 이미지는 지금도 좋아한다.
어른이 되어서 알게 된 궁궐 지붕과 관련된 용어들도 많다.
용마루, 내림마루, 추녀마루는 짙은 회색을 아름다운 빛깔로 느끼게 해준다.
아버지께서는 커피를 좋아하셨다.
커피잔과 더불어 도자기를 좋아하셔서 고려청자 몇 점을 가지고 계셨다.
가끔 청자와 백자가 얼마나 귀한 우리 민족의 유산인가 하는 이야기도 들려주셨다.
그러한 아버지의 정신 유산을 많이 이어받았다.
도예 공부를 하게 된 원천 또한 아버지인 것 같다.

방금 있었던 일을 잘 잊어버리고,
오래된 기억은 점점 더 생생해지는 나이.
나의 가장 오래된 기억은 아버지, 어머니와 함께한다.

백자를 만들어 '달항아리'라 이름 짓고
가장 오래된 하얀색 기억을 더 오래 간직하려 한다.

그때는

남산동에서 살던 꿈같은 시절, 나는 명동 유치원에 다녔다.
유희 시간, 선생님 그리고 남산공원 소풍이 기억 속에 남아있다.
가장 기억에 남는 것은 등나무 가방이다,
옆집 언니가 유치원에 다닐 때 유심히 봐 두었던 그 가방을
마침내 가질 수 있게 되었을 때의 기쁨은
지금도 고스란히 마음으로 전해지고 있다.
명동에는 내가 다니던 명동 유치원보다 더 좋은 명동성당 유치원이 있었다.
등원길에 명동성당 유치원생을 보면
공연히 주먹에 힘을 주던 우리 유치원 언니 오빠들이
"성당 유치원은 똥통 유치원"이라고 소리를 지르며 내달리는 날도 있었다.
지금 생각이지만, 약자의 자격지심 같은 게 아니었을까 싶다.
유치원 어린아이의 마음에도 그런 게 있었다니 신기한 일이다.
그러나 나는 등나무 유치원 가방 하나면 넉넉했다.

그즈음 거리에 나가면 미군 차가 많이 있었다.
아이들은 미군을 보기만 하면 졸라댄다.
"헬로 쪼꼬레또 기부 미~!"

미군들은 트럭 위에서 뭐라뭐라 떠들며 길바닥으로 캔디와 초콜릿 등을 던져준다.

우르르 달려가서 그것을 줍는 아이들.

그 나이에도 나는 창피했다.

음식을 던지는 미군들이 쌍것들로 보이고, 줍는 아이들은 거지 같았다.

나는 미군과 아이들 모두에게 분노했다.

그렇게 주는 건 차라리 안 먹고 말겠다던 그 마음은

어머니로부터 받은 교육 덕분이었던 것 같다.

"남이 먹을 것을 줄 때 덥석 받아먹는 건 창피한 일이야."

"심부름을 갔다가 그 댁에서 식사를 하시면 얼른 와야지, 밥 얻어먹으면 안 된다."

어느 날, 우리 집에서 남산 쪽으로 더 올라간 동네에 살던 아저씨 댁에 심부름을 갔다.

마침 저녁 식사 시간이었다.

아저씨 부부는 밥을 먹고 가라고 권하시고, 나도 먹고 싶었다.

하지만 나는 "밥을 얻어먹으면 어머니한테 혼이 난다"면서 고개를 저었다.

아저씨 부부는 어머니한테 말하지 않겠다고 단단히 약속을 했다.

나는 그렇게 해달라고 당부하고 밥을 먹었다.

다음 날 아저씨는 우리 어머니에게 모든 걸 말씀하셨고 나는 겁에 질려 있었다.

어쩐 일인지 어머니는 꾸중을 하지 않으셨다.

왜 그러셨을까, 지금도 궁금하다.

남의 집에서 밥을 먹은 것, 게다가 어머니에게 말하지 말아 달라고 했던 것은 둘 다 어머니에게 크게 꾸중 들을 일이었는데 말이다.

어머니는 많은 것을 가르쳐 주셨다.

그중 한글을 깨우쳐주신 것이 가장 위대한 가르침이었다.

자음과 모음의 음가를 잘 이해했던 것은 지금 생각해도 대견하다.

ㄱ에 ㅏ를 더하면 가, 가에 ㄱ을 더하면 각….

어머니의 학습 방법은 재미있으면서도 논리가 정연했다.

덕분에 나는 하루 만에 한글을 깨우쳤다.

내가 한글을 하루 만에 깨우쳤을 정도로 어머니가 명 교수가 되셨던 것도

어쩌면 한글이 그만큼 가르치기 쉽고, 배우기 쉬운 과학적인 글이기 때문이리라.

덕분에 나는 한글이 세계 제1의 문자임을 두고두고 기억하게 되었다.

평생을 두고 가끔씩 나의 한글 공부의 신비를 꺼내 보곤 한다.

초등학교 입학을 앞두고 한글을 배우면서 '란도셀'[1] 가방도 미리 준비했다.

하지만 그 가방은 1.4후퇴 때 피난을 가면서 상비약 운반용으로 쓰였다.

비록 가방을 메고 학교에 가는 것은 아니었지만,

꽁꽁 언 한강을 건너 인천항에서

'아구리 배'[2]를 타고 피난 가던 발걸음을 가볍게 해주었다.

란도셀은 유치원 때의 등나무 가방보다 더 행복한 가방이었다.

---

1. 란도세루(ランドセル): 일본 초등학교 학생들이 메는 책가방.

2. 아구리 배: 미군 상륙용 LST 함정. 속칭 아구리 배로 불렸다.

빨간색

어린 시절, 나무로 만든 빨간색 게다[3]가 있었다.

걸을 때마다 따각따각 소리가 나는 게 재미있어서 그랬는지,

빨간색에다 귀여운 그림이 예뻐서 그랬는지 몰라도 나는 그 게다를 꽤나 좋아했다.

지금도 빨간색과 귀여운 그림, 따각따각 소리를 다 기억하고 있다.

나는 하루종일 게다를 신고 놀았다.

심지어 변소에도 신고 가겠다고 고집을 부리는 통에

어머니가 위험하다고 말리던 목소리가 지금도 들리는 듯하다.

결국 나는 그날 변소에 빠지고 말았다.

나의 울음소리와 어머니의 꾸짖는 소리 그리고 아버지의 고함소리가

담장을 넘어 온 동네를 들썩이게 만들었다.

그날 이후 빨간 게다는 더 이상 나의 것이 아니게 되었다.

그때의 상실감 때문인지 작고 예쁜 물건을 좋아하는 병에 걸려

지금까지 고치지 못하고 있다.

수년 전, 늘 다니던 한의원에서 빨간색 옷을 입고 빨간색 안경을 쓰는 것이

---

3. 게다(げた): 일본 사람들이 신는 나막신.

건강에 좋을 것이라는 조언을 해주었다.

속옷이라도 빨간색을 입어야 좋다는 조언을 받은 적이 있었지만

빨간색, 자주색을 좋아하지 않으니 그 조언들은 무용지물이 되었고.

나와는 상관없는 일이라고 무심한 척했다.

게다가 '빨간색' 게다 때문에 변소에 빠지지 않았던가.

나이가 들면서 갑상선기능에 문제가 생겼다.

살도 쪘고, 수시로 피로하다. 무릎 수술도 했고, 오랫동안 혈압약도 먹고 있다.

그래서인지 요즘 들어 잊고 살던 빨간색 신드롬이 되살아나고 있다.

어느새 빨간색 옷, 코트, 점퍼를 장만했다.

작년에는 빨간 장갑을 사기도 했고,

아들은 자동차를 빨간색으로 골라다 주기도 했다.

어느새 빨간색은 나의 아이돌이 되어 가고 있었는데,

나의 우상은 올해 나의 건강을 최악으로 만들어놓았다.

요가를 하다가 넘어져 통원 치료를 받는 중에 맹장이 터져 수술을 했다.

맹장의 문제는 담낭이 원인이라고,

담낭 제거 수술을 하는 것이 좋을 것 같다기에 그렇게 했다.

내 건강에 빨간 신호가 켜진 건데,

빨간색으로 예방해 보겠다던 마음과 무슨 상관관계일까 웃음이 나온다.

분명한 건, 빨간색은 나를 보호하지 못하고 있다는 것이다.

그럼에도 난 그 빨간 게다를 생생하게 예쁜 기억으로 가지고 있다.

추억

나이를 먹는 징후는 여러 모양새로 나타난다.

그중 슬픈 것은 방금 있었던 일을 잊는 것이다.

글을 쓰다가 좋은 단어가 떠올라 써넣으려고 줄을 바꾸는 동안

단어를 잊어버리고 머리가 깜깜해진다.

눈앞이 깜깜해진다는 말이 사실이고 진실임을 확인하는 순간의 허전함은, 덤이다.

그렇게 깜빡깜빡 잊어버리면서도

아주 오래된 일이 기억나는 것 또한 늙음의 징후지만

기억하는 동안은 촉촉한 아이스크림을 먹는 기분이다.

에스프레소를 얹은 아이스크림이 올여름 나의 '최애' 식품이다,

시각을 자극했던 일들이 영상으로 남아 기억이 예뻐진다.

고궁, 지붕, 하늘, 흰색, 초록색, 가방, 학교, 친구….

영상 가운데에는

명절날, 앞가르마에 귀밑머리를 땋고

색동옷을 입은 귀여운 나의 모습도 있다.

그리고 어머니 아버지…

아버지와의 마지막 추억은

내가 교사생활을 시작하고 한 달여가 지난 4월 어느 날의 일이다.
어머니랑 손잡고 학교를 방문하신 아버지는
교감선생님께 부족한 딸의 지도편달을 부탁하신 다음
내가 수업하는 모습을 살짝 엿보고 가셨다.
그날 아버지는 갑자기 돌아가셨다.
그날도 학교에서 있었던 일을 재잘재잘 보고하는 나의 수다를 들으며
함께 저녁식사를 하고 앉아 계시다 쓰러지신 것이,
아버지와의 마지막이었다.

씩씩한 여장부 어머니와 함께 우리 네 자매는
자기 할 일을 열심히 하며 각자의 인생을 잘 살아왔다.
인형같이 예쁜 동생들과 함께했기에
어머니와는 다른 방식으로 삶을 채색할 수 있었다.
어린 동생들 덕분인지 이 나이에도 아이 같은 마음과 버릇으로
사람들을 당황하게 만든다.
그렇게 나는 지금도 꿈을 꾼다. 흙으로….

어머니는 4년째 꼼짝 못하고 누워 계신다.
네 딸을 다 기억하지 못하고
자주 다니는 동생 부부와 우리 부부만 알아보는 아기가 되었다.
우렁우렁 여장부의 목소리도 잦아들어 지금은 아기 목소리다.

맏딸인 내 앞에서 언제나 당당하던 모습은 간데없고
"너 참 예쁘게 생겼다"라는 말을 자주 하신다.
인형 같은 어린 동생들과 비교하면 못생겼던 나였다.
너무 못생겨서 시집도 못 가겠다고 나를 놀리곤 하셨는데….
그러던 분이 일흔 중반의 딸더러 예쁘다고 하시니
그때의 일이 무의식 속에 미안한 마음으로 잠재해 있는 건가 싶기도 하고,
어머니의 기대에 못 미치는 맏딸을 답답해하던 마음이
이제 다 풀어지신 건가 싶기도 하다.

아흔여덟, 옛일에 대한 기억이 모두 사라지고 있다.
다달이 변화되는 어머니의 기억과 추억을
어머니가 아닌 내게서 찾아내 기록해두어야 할 것 같다.
어머니의 평안도 사투리,
듣도 보도 못하던 단어가 튀어나오면
우리 자매들은 손뼉을 치며 즐거워했다.

"나에게도 어린 시절이 있었단다.
사랑받으며 잘 자라기 위해 노력했던 때가 있었단다."

어머니가 딸들에게 해주고 싶은 말씀이 아닐까!

푸르디푸른 추억에게

인천에서 '아구리 배'를 타고 피난을 갔다.
배는 부산, 거제를 거쳐 우리를 제주도로 데려다주었다.
"어이구 기여사(불쌍해라)."
제주 사람들의 말이다.
불쌍한 피난민에게 방을 내어주고, 먹을 것을 내어주던 따뜻한 사람들은
설문대 할망을 닮아 아주 큰 사람들이라고 어머니는 추억한다.

초등학교 5학년까지 제주에서 보냈다.
꿈결같이 아름다운 일들을 친구들과 함께 이루어냈다.
덕분에 지금까지 아름다운 이미지로 남은 제주도는
내게 고향같이 그리운 곳이다.
눈을 머리에 이고 있는 한라산 자락의 밭과 들에서 풍겨오던
풀냄새와 나무 냄새로 가득한 우리들의 놀이터가,
부모님께는 삶의 터전이었다.
맑고 푸른 바다는, 우리들에게는 멱을 감고 자맥질하는 놀이터였지만,
부모님들에게는 소라와 오분자기, 톳과 미역을 채취하는 삶의 터전이었다.
나에겐 너무나 즐거운 놀이터가

어머니에겐 빨리 서울로 가고 싶게 만드는 막막한 곳이었다.
밤바다 산책길에 만나는 하늘의 별바다와 별똥별.
나에게는 생생한 추억을 남긴 고향이건만
어머니에게는 말을 잃게 했던 피난지였다.

제주의 가장 강렬한 이미지는
햇빛 맑은 날 바람이 불면 하늘보다 더 파란 바다에
눈보다 더 하얀 비늘이 일고,
세상이 유리알처럼 투명해 보이는 세계였다.
그리고 그것을 바라보는 내 모습….

하곳길은 마을로 내려가는 길이었다.
집 몇 채를 지나면 등곳길에서 볼 수 없었던 바다가 펼쳐졌다.
넓은 푸른색 하늘과 바다가 맞닿은 곳의 깊은 푸른색이
세상 끝까지 일렁였다.

그곳의 푸른 추억은 지금도 내 마음속에 살고 있다.

어버이처럼

아버지는 일본에서 대학을 나오셨고
어머니는 소학교밖에 못 나오셨다.
그럼에도 아버지는 가끔 독서를 하시다
어머니에게 한자를 묻곤 하셨다.
그때는 소설에도 한자가 많았다.

"밭전 변에 고무래 정자를 쓴 것이 무슨 자요?"
"그것도 정자예요."
어머니는 곧바로 대답해주었다.
엄한 할아버지 밑에서 한자를 배우면서 자란 덕이다.

아버지는 이렇게 한자를 물어보는 것으로
초등학교밖에 다니지 못한 한을 가지고 사는
어머니의 기를 살려주곤 하셨다.
어머니 아버지 덕분에 나는 한자를 많이 아는 아이가 되었다.
고등학교 시절, 국어 시간에 선생님이
공작새 이야기를 하시다 작(雀)자의 뜻을 아느냐고 물었다.

나는 곧바로 참새 작(雀)자라고 대답해서 선생님을 놀라게 했다.
그날 선생님은 우아한 공작에 참새를 연결해
재미있는 이야기를 들려주셨던 것 같다.
어머니는 어린 시절 작은아버지로부터 회초리를 맞으면서
한자 공부를 하셨다고 한다.
상자에 모래를 담아 만든 '쓰기 연습장' 이야기도 가끔 들려주셨다.
모래 위에 글자를 써서 검사를 받은 뒤
상자를 흔들어 다시 모래를 평평하게 만드는 만년 공책이었다.
한동안 나에게도 그와 같은 만년 공책이 있었다.

아버지는 명필이었다.
새로 교과서를 받아오는 날,
달력 종이로 책 표지를 싸고, 멋진 필체로 이름을 써 주셨다.
자연스럽게 아버지의 필체를 닮긴 했지만 아버지만큼 곱지는 않다.
요즘 손자들이 보는 책과 교과서 표지의 가장자리를
스카치테이프로 붙여 책이 상하지 않게 해주는데,
책이 상하지 않을뿐더러 손을 다치는 일도 막아준다.
책을 새로 구입할 때마다 치르는 나만의 이 행사는
새로 산 교과서를 앞에 놓고 우리들과 대화를 나누며
책을 귀히 여기는 마음을 길러주신 아버지의 마음을 이어받은 덕분이리라.

어머니와 아버지로부터 받은 오래된 기억들이
나를 만들고 내 삶을 평온하게 다듬어 주었다 싶다.
새삼 어머니 아버지와의 기억을 떠올리는 것은 나이 때문이겠지만
얼마 남지 않은 어머니와의 시간들을 다듬는
자연스런 추억 놀이 같기도 하다.

자식 걱정하는 나이가 지난 뒤,
부모님과 함께했던 일을 기억하고 추억하는 나이가 있다는 것은
참으로 다행한 일이다.

기억 저편

1945년, 광복이 되자
아버지는 할아버지를 모시고 의주를 떠나 월남을 하셨다.
어머니도 아버지를 찾아 서울로 떠나왔다.
당시 어머니는 서울행을 만류하는 할머니와 큰어머니들께 말씀하셨단다.
"우리 딸에게 서울말을 쓰게 하고 싶어요. 어머니처럼."
정신여고를 나온 서울 출신의 할머니는 언행이 아름다웠다.
어머니는 나를 할머니처럼 기르고 싶다는 꿈이 있었고,
그 꿈을 이룰 수 있는 절호의 기회를 놓칠 수 없었던 것이다.
물론 아버지를 만나고 싶은 마음도 컸다.

아직 말도 채 배우기 전에 서울로 온 나는 완벽한 표준말을 쓰는데
서울말을 좋아하셨던 어머니는
왜 아직도 거친 평안도 말을 쓰시는지 모를 일이다.
나의 서울말은 할머니를 닮았겠지?
나의 언행도 할머니를 닮았겠지?

나는 평안북도 의주군 동외동 158번지에 대한 기억이 전혀 없다.

외삼촌 등에 업혀서 위험한 38선을 넘던 기억도 없다.
의주에서 살았던 1년의 삶은 기억 저편에 있고
어머니께서 간간이 들려주시는 말씀으로 그곳을 더듬어보곤 한다.
어머니는 통군정이며 압록강 건너 안동 이야기를 늘 하시면서도
그립지 않은 척, 살아간다.

2011년도에 중국 단동을 여행했다. 단동의 옛 이름이 안동이다.
어머니를 통해 듣던 안동과 압록강 그리고 어머니가 사위 삼고 싶어 했던,
여자를 잘 위해준다는 중국 남자도 보고 싶었다.
압록강에서 나룻배를 타고 강 저편을 본다.
부모님이 두고 나오신 고향 땅, 내가 태어난 그 땅에서
옥수수 가을걷이를 하고 있는 초라한 주민들을 본다.
기억에 없는 할머니, 큰아버지, 큰어머니와 오빠들, 고모와 오빠들….
갑자기 그분들을 보고 싶다는 생각에 젖어본다.
어머니의 기억을 빌리지 않으면 찾아낼 수 없는 그곳의 이야기들….
그러나 어머니에게 남은 기억은 딸 넷의 얼굴과 이름 정도밖에 없다.
어제의 일도 기억 속에서 망가져 버리는 어머니에게는 이제 고향도 없다.
얼마 남지 않은 생의 기억 저편에 있는 내 삶의 편린을 만날 수 있을까?
그 일이 기적같이 나에게 찾아와 나의 기억 속으로 합류할 수 있을까?

오늘은 첫눈이 내리고 있다.

천복, 천명

결혼을 하면서, 시어른들이 계신 집으로 들어가서 살겠다고 했다.
어른들에게 사랑받는 일이 뭐 그리 어렵겠느냐 생각했다.
한편으로는 그분들이 계신 가정에서 아이들을 길러야 할 것 같았다.
시할머니는 아흔넷, 시어머니는 여든아홉에 돌아가셨다.
친정어머니는 아흔여덟의 연세로 아직 우리 곁에 계신다.
그러니 천복과 천명을 타고난 사람이 아니냐고,
그러니 나의 글을 꼭 받아야 한다는 분도 있었다.

"노 할머니는 불쌍하고, 할머니는 좋고, 엄마는 예쁘고…"라고 항상 말하는
고집쟁이 내 딸은 할머니 없이는 잠을 잘 수 없어
엄마 아빠랑 같이 여행도 다니지 않았다.
항상 앉아 계시는 노 할머니보다 키가 자란 딸은
노 할머니의 머리를 껴안고 머리에 뽀뽀를 하곤 했다.
표정의 변화는 없지만 증손녀의 뽀뽀 세례가 행복하셨던 시할머니께선
아기가 엄마 닮아 귀티가 난다고 나까지 추켜세우셨다.
귀티 나는 아기는 항상 노 할머니가 불쌍하단다.

아흔넷에 돌아가신 시할머니 장례식 날은 비가 억수같이 왔다.
장례 절차를 마치고 집으로 돌아오니 딸과 아들이 펑펑 울고 있었다.
노 할머니가 하늘나라에 잘 가셨다는 어른들의 말을 믿지 못하겠다며,
어떻게 혼자서 하늘나라에 가실 수 있느냐고
소리소리 지르며 운다.
하늘나라에 모셔다 드리는 천사가 있다는 말로 달래보았지만
꼬마들은 자기들의 울음 양을 다 채우고,
온 집안을 통곡으로 꽉 채워놓았다.
시어머니의 가슴 저미는 울음 때문에 아이들의 울음은 끝이 났다.
그렇게 시할머니의 장례는 진정으로 울어주는 꼬마 둘이서
아름답게 채워놓았다.
바로 이 모습이 아이들이 어른들과 같이 자라야 한다는 이유이기도 했다.
그 후의 이야기는 아이들과 어머니의 몫.

시어머니는 여든아홉에 집에서 넘어져 수술을 받고,
1개월 만에 돌아가셨다.
나는 정년퇴임을 앞두고 있었다.

"오랜 세월 나를 대신해서 아이들을 돌봐주셨으니 이젠 내 차례입니다.
잘해드리고 싶습니다."

그러나 어머니의 삼오제를 치른 다음날,
나는 정년퇴임식을 화려하게 치렀다.
어머니를 돌봐드릴 기회는 손자 손녀를 위해 내놓을 수밖에 없었다.

어느새 손녀는 중학생이 되었다.
사춘기를 앓고 난 뒤 중2병에 걸려 온 식구를 놀라게 하더니
강아지 한 마리 때문에 또 갑자기 변해서 놀라움을 던져주었다.
강아지를 기르게 해주면
엄마 아빠가 하라는 모든 것을 하겠다고 다짐을 한 것이다.
스스로 청소하고, 빨랫감도 내놓고….
이렇게 변해도 되는 건가?
녀석의 얼굴이 행복에 젖어 있다.
이 또한 나의 천복이 아닐까 싶다.

* 친정어머니는 지난 2018년, 아흔여덟의 연세에 평소 사랑해주시던 하나님 곁으로 가셨다.

투각 바리에이션 13 나목 문양

꽃 담器 6 높이 22cm

투각 바리에이션 12 과일 담器, 지름 28cm

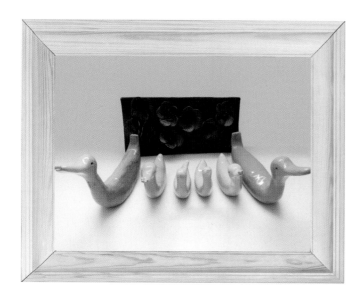

오리 가족
오리 10cm, 오리 15cm, 오리 22cm

큰 담器 2
오리 모양, 볼 23cm, 접시 31cm

큰 담器 4 지름 34cm

꽃 담器 4 높이 25cm, 18cm

큰 담器 5 지름 34cm

과일 담器 1

투각 바리에이션 3 꽃그림자

밥 비비쬺 1 지름 22cm

큰 담쬺 6 지름 32cm

꽃 담器 8

2부
생각하며 사랑하며

생각을 하며 살아간다는 것은
세상일에 호기심을 가지고,
세상을 사랑하며 살아가고 있음이다.

달 닮器 2 달 닮은 그릇, 높이 35cm

달구경

제자의 퀼트 작품전을 보기 위해
도예작품 캔들 홀더 하나를 싸 들고 인사동길로 접어들었다.
인사 아트센터 건물이 보이고, 건물에 늘어뜨린 현수막도 보인다.
<달구경>
'추석을 앞두고 어느 작가가 달항아리를 만들어 전시하나?'
참으로 괜찮은 구상에 마음이 끌린다.

마음 끌리는 대로 <달구경> 전시회장으로 들어선다.
생각했던 것과는 달리 김환기 화백의 달을 모티브로 한 그림들과
그가 소장하고 있던 달항아리(백자대호), 백자 몇 점이 전시되어 있었다.
김환기는 '백자대호'라는 대형 조선 백자를
'달항아리'라는 이름으로 불러주었을 만큼 달항아리를 사랑했다.

김환기 화백의 그림 속 둥근 항아리는
'나는 아무것도 아는 것이 없다'는 듯 수줍다.
달항아리를 보고 달을 그렸고
달을 보며 달항아리를 그린 화백의 사랑 또한 수줍다.

김환기의 소장품 달항아리는 푸른 듯 흰색이 투명하고
아무 흠도 없는 완벽한 아름다움을 드러내고 있었다.

2009년 고궁박물관에서 아홉 점의 '달항아리 전'을 본 적이 있다.
외국에서 소장하고 있는 여러 작품을 빌려와서 전시하고 있었다.
단 아홉 점으로 전시장을 꽉 채웠던 달보다 큰 달항아리.

임진왜란과 병자호란 이후 남은 것이 하나도 없는 우리의 삶에
새로 들여놓을 것을 찾는 문화 활동의 하나로
청나라의 오랑캐 문화를 배척하며 순수한 우리 것을 찾아 나섰다.
우리 조상들은 가장 조선을 닮은 달빛 같은 백자를 만들어 사랑했다.
우윳빛 달 모양 그릇을 만들어 사랑했다.
그 사랑은 우리만의 것이 아니고 인류의 것이었다.
점 하나도 용납하지 않는 백자는 우리 민족만의 문화.
18세기 문화 활동의 유산을 내 것으로 즐기는 지금 여기서
추석을 기다리는 의미를 달에 두기로 한다.

전시회장에서 나와 하늘을 본다. 달을 찾는다.
오늘은 방아 찧는 토끼도 없는 깨끗한 달을 보고 싶다.

둥근 달을 보려면 며칠 더 기다려야 할 것 같다.

문제 인식의 단계

연일 여검사의 성추행 사건이 보도되고 있다.

우리나라 여성의 대부분이

남자들에게 성희롱, 성추행, 성폭행을 당한 경험이 있지 싶다.

아이들을 지도하다 보면,

지독하게 슬픔과 아픔을 안고 사는 아이 가운데 상당수가

성폭행을 당한 경험이 있다.

성폭행은 사람을 가장 피폐하게 만드는 범죄다.

그럼에도 남자들이 사회의 힘 있는 자들일 때에는 문제 삼지 않으려 했다.

여자들도 어쩔 수 없지 않느냐는 입장이었다.

오히려 여자들이 조심해야 하고 몸가짐을 단정히 해야 한다고 했다.

그처럼 대단한 문제를 '문제로 인식'하려 하지 않는 풍토가

사회 문제를 그냥저냥 껴안고 살아가게 한다.

문제로 인식하지 않으면 작은 일도 해결되지 않는다.

학교 규칙을 지키면 자유가 없다는 청소년이,

버스에 교통약자석이 있다는 것을 모르는 청년이

자기 발전을 위해 노력할 수 있을까?

짐승처럼 술을 마시는 자리에 학생이, 엄마가, 아빠가 있다.
저녁에 학원에 있는 어린이들, 학교에서 야간자습을 하는 학생들.
저녁시간에는 엄마와 아빠, 자녀들이
가정에 있어야 한다는 것을 잊은 사회가 되었다.

저녁이면 당연히 가족들이 모일 수 있는 사회,
가정에서 자녀들에게 사랑을 가르치는 부모가 필요한 사회다.
사랑은 인간 행위의 기초이다.
사랑할 줄 아는 사람은
예(禮), 지(智), 의(義), 신(信), 인(仁)을 자연스럽게 따르며,
진(眞), 선(善), 미(美)를 자연스럽게 알아 행한다.
믿음, 소망, 사랑을 자연스럽게 행한다.

저녁식사 시간은 가족이 함께해야 한다는 문제의식을 가지게 되면
술 문화도, 학교의 야간 자율학습 문제도 해결되고,
밥상머리 교육도 이루어지고, 국민들의 인성도 변화되지 않을까?
가정에서의 사소한 일을 '문제'로 인식한다면,
그래서 가정이 바뀌면 사회도 바뀌어 갈 것이다.
자신의 성희롱 문제를 고발한 여검사를
한편에서 비난하고 있다는 소식도 들린다.
성희롱 가해자들은 사회 고위층이 되어서 힘을 발휘하며

이리저리 회피하려 하지만
이미 '문제'로 인식된 이 사건은 해결되리라는 믿음이 있다.
여기저기서 성희롱 문제가 터져 나온다.
능력 있는 여검사도 성희롱 대상이 되는 우리 사회,
직장은 술과 성희롱의 온상이다.
어제는 여류시인이 뉴스 프로그램에 출연해서
문인사회의 성희롱 문제를 고발했다.
이 와중에 어느 드라마에서는 유능한 젊은 검사가 온갖 술을 다 섞어서
냄새나는 구두짝에 담아 마시며 인기까지 얻는다.
그리 말았으면 좋겠다.
영화계, 연극계, 방송계… 할 것 없이 연일 성희롱 문제가 터져 나온다.
부끄러운 짓을 한 그 남자들, 잘 알려진 그 얼굴에는
인간의 아름다움이 없었다.

인구의 반인 여성이 성희롱에 시달리며 살아왔던 반만년의 시간,
문제를 해결할 첫 단추인 '문제 인식의 단계'로 발을 내디뎠으니
해결되리라는 믿음을 갖는다.

저 남자들이 벌을 받든 안 받든
일단 남자들이 부끄러움을 알면 되는 일이다.

바람이 분다

바람이 대숲을 지나왔나 봅니다.
싱그러운 대금소리 품고 수유리를 내달립니다.

음악이 있는 카페 토기장이의 집에서
예쁜 부부 토기장이가 흙을 빚어 소용이 되는 그릇을 구워 냅니다.
토기장이의 집이니 당연히 하나님의 말씀에 따라
사는 힘을 담아냅니다.

꽃잎 같은 천을 나비같이 오려내는 바느질 공방의 손재주는
바늘이 알려줍니다.
한 땀씩 깁고, 덧대어 기운 꽃처럼 고운 작품들이
대금소리, 바람이 다녀가는 걸 알려줍니다.

소목장의 공방에선 나무 자르는 소리가 우렁우렁 너무 커서
바람을 방해합니다.
마음씨 좋은 소목장의 작품들은
바람소리 들을 수 없는 무지개 빛깔입니다.

담양 대숲에서 가져온 음식 솜씨가 구수한 식당에선
바람까지 데려온 수다쟁이 주방장이
바다에 너울을 만들어 내듯 손님들을 들었다 놨다 심심치 않습니다.

떡 장인이 만들어놓은 약식이 가득한 떡집엔
참으로 무뚝뚝한 아내가 떡을 팝니다.
떡은 재주로 만드는 것이 아니라
생명을 다듬는 마음으로 삶을 다독여 놓는 것이랍니다.

하늘의 말씀처럼 살아내고 싶다던 사람들이 오손도손 누워 있는 곳
사람을 바꾸고 나라를 바꾸려다 숨진 그들의 힘을 바람이 압니다.
민주 성전 국립묘지가 있는 수유리에는
민주주의라는 바람을 안은 사람들이 봄날 같은 마음 그리며 찾아듭니다.
한 바퀴 돌아 나오는 수유리 끝자락엔 아카데미 하우스가 있습니다.
이곳에서 2박 3일 동안 연수회를 하면서 교사생활을 시작했습니다.
학교 설립자 이사장의 교육에 대한 열정은
학기를 시작하기 전 교직원 연수회를 통해
한 해의 교육을 계획하게 합니다.
특히 하나님의 인류에 대한 사랑을 바탕으로
교육을 하자고 다짐하는 시간과 장소이지만
평생 사랑이 무언지 깨닫지 못하고 있는 것은 아닌지

항상 부족하고 항상 후회하고 다시 다짐하곤 합니다.
학교에는 학기 초, 학기 말이라는 중간 매듭이 있어
그래도 후회하고 다짐하는 삶을 살게 합니다.
나는 가르침대로 '성실과 실력'을 다해 교육을 하기로 다짐하곤 했습니다.
문이 닫힌 아카데미 하우스를 뒤돌아보지만
벌써 옛일이 되어 버린 것 같습니다.
구름의 집을 사랑하던 사람들의 출입을 막고 있네요.
친구 만나 차 마시며 한껏 여유를 부렸던 숲속 카페도 옛일이고요.

지금도 바람이 부는 내 사랑 수유리는
새로운 솔숲 바람이 일고
사람들의 삶을 조율하는 향기를 뿜어냅니다.

나의 아름다운 것들

나를 길러준 것은 말씀이었다.
우리의 곁에는 항상 책이 있고
책 속에서는 말씀이 우리를 길러낼 준비를 하고 있다.
그 말씀들이 아름답게 여겨져서 마음으로 쓰다듬으며 사랑했다.

믿음, 소망, 사랑.
가장 어린 시절의 가르침이 신앙이었다.
할머니께서 권사님이셨으니
어머니 뱃속에서 두런두런 들어두었던 말씀일 터.
그 음절이 신비롭고 아름답다 느꼈지만,
그 뜻을 아는 데는 오랜 세월이 걸렸다.
그를 실천함에는 아직도 멀고 끝이 없다.

어린 시절 부모님과 선생님들은
인의예지신(仁義禮智信)을 몸소 행하며 가르치셨다.
사람들과 어울려 살기 위한 윤리와 도덕, 당위를
'말씀'으로 다독이며 가르치고, 우리는 배우려 애썼다.

동방예의지국이라 불릴 정도로 아름답게 소화한 사상을
실천하며 살아가려 애썼다.

청소년 시절 학교에서 진선미(眞善美)를 교훈으로 배웠다.
대학에서도 마찬가지였다.
인간 삶의 궁극의 목표는 참되게 사는 것,
올바르게 사는 것, 아름답게 사는 것이다.
그렇게 살기 위해 진리를 공부하는 것이다.
앎의 세계에 대한 동경을 만들어준 말씀이다.
이 시절에는 모든 어른들이 같은 가치관으로 지도해주신 덕에
헷갈리지 않고 알게 되었고, 행동해 나가는 길도 탄탄했다.

기독교의 가르침인 믿음, 소망, 사랑,
그리스 철학의 진, 선, 미,
동양철학의 인, 의, 예, 지, 신 그리고 불교의 자비.
모두 하나의 가르침인 것을 깨닫게 된다.
사람에게 으뜸은 사랑이라는 말씀을 깨닫게 된 것이다.
우리가 삼가며 겸양하며 행하는 것은
사람에 대한 사랑이라는 아름다움을 알아갈 즈음인
고등학교 졸업식 날,
서울여대 설립자이신 고황경 박사께서 축사를 해주셨다.

"이제는 여자들에게도 실력이 요구되는 시대입니다."
"성실하고 실력 있는 사람이 현대사회를 당당하게 살아갈 수 있습니다."

나의 마음으로 다가온 아름다운 말씀이었다.
이후로 '성실과 실력'은 나의 좌우명으로 나의 곁을 지켜주었고,
지금까지 나의 모습을 나답게 만들어주었다고 생각한다.

위대한 말씀만 나를 만드는 것은 아니다.
주변 사람들의 가치 없는 말에 마음 상하고,
말 때문에 입은 상처로 트라우마를 겪거나 고통을 안고 살아가기도 하는데,
그 어려움을 이겨내는 과정에서도 성장을 배운다.
말이 씨가 된다는 우리네의 가르침도 있다.
사물을 규정하는 사람의 말이 사랑이면 마음에서 사랑이 자라고,
사물을 규정하는 사람의 말이 슬픔이면 마음에서 슬픔이 자라고,
사물을 규정하는 사람의 말이 화(禍)라면 마음에서 분노가 자란다.
말씀에는 힘이 있다.
우주의 운행을 알게 하는 힘, 삶을 살아가게 하는 힘이 있다.

나의 입으로 구현하는 나의 말이 나의 삶이다.
참과 옳음과 아름다움이 가득한 말씀을 마음에 담고,
입에 담고 살아야 함을 지금도 굳게 믿는다.

봄을 만나고 싶다

고궁 뜰을 찾아다니며 아주 짧은 가을을 의미있게,
아름답게 보내고 있는데,
혹한이 겨울보다 먼저 찾아와 삶에 들어앉았다.
눈이 쌓이는 날 창덕궁을 가자던 친구들의 소식이 끊어질 정도로 추운 날씨는
1월이 다 가도록 끝날 줄 모른다.
지구가 따뜻해져서 우리나라의 겨울 날씨가 춥다고 한다.
북극의 빙하가 녹고 있단다.
빙하가 녹으면서 생기는 찬 기운이 우리나라를 괴롭히고 있다는데,
봄을 기다리지 않는 마음은 무엇일까?
기다리지 않는다고 아니 올 봄이 아니고, 막아낼 나이도 아닌데 말이다.
한 살 더 먹는다는 것의 의미가 무언가 있을 텐데,
마음 가다듬고 마음의 소리, 자연의 소리를 들을 수 있는
새해 새봄을 맞이해본다.

아무 생각 없이 사는 사이에 대한(大寒)이 왔다 간다.
대한이 왔다 간 다음 날, 봄을 기다리는 베란다의 화분들을 보게 된다.
사랑초가, 다육이가 고개를 쳐든 채 꼿꼿하게 허리를 펴고

창밖을 바라보고 있다.
보름 후에 어김없이 찾아올 입춘을 환영하며
피켓이라도 들어올릴 기세다.

나는 이 봄에 싱크대를 교체한다.
그릇장도 교체하고 다육이 식구들을 늘려줄 계획을 세운다.
움츠린 채 겨울을 지내는 동안 둔해진 몸도 풀기 시작해야 할 터.
봄 마중을 나가 보기로 한다.
남대문꽃시장에서 다육이 몇 화분 사는 데 필요한 돈은 만 원이면 된다.
지하철로 서울역까지 간 다음 '7017로'를 걸어 남대문 시장으로 가는,
되도록 많이 걸을 수 있는 노선을 택한다.
7017로 위의 식물들은 아직 푸르름을 각질 속에 감추고 있다.
때를 맞추기 위한 푸르름의 기다림이 보이는 듯, 들리는 듯, 향내인 듯,
나의 오감과 숨바꼭질을 하는 듯 속삭인다.

겨울에서 봄으로 가는 길은
봄에서 여름으로
여름에서 가을로
가을에서 겨울로의 변화와는 다르다.

봄은 향연이다.

우주의 기운을 가다듬어 씨앗이 자라고
대지의 기운을 들어 올려 싹이 트는 판타지다.

환상의 봄을 꽃시장에서 찾는다.
아름다운 꽃시장을 찾는 이유는 아름다워질 나의 향연이다.
이 향연에 참여하기 위한 멜로디를 찾고,
리듬을 찾아 춤을 꾸미고,
절정의 성장을 향해 언어를 창조한다.

학벌도, 명예도, 재력도, 미모도 평준화된다는 나이.
하지만 행복은 평준화되지 않을 것 같다.
생각을 읊조린다.
말을 예쁘게 하면,
나의 고운 벗처럼 말을 예쁘게 하면
봄날이고 행복의 날들이겠지.

아직은 70대

나이가 들어가는 것을 느끼며 사는 것은 아닌데
삶의 변화가 곁에서 일어나고 있음은 체감한다.
정년퇴임, 꼬물거리던 손자들의 성장, 사용하고 있던 가구들의 퇴색,
퇴행성병, 성인병 그리고 여러 번의 수술 등.

느릿느릿 무겁게 움직이는 내 모습을 본 택시기사가
나를 80대로 보고 덕담을 한다.
"건강관리를 잘 하셔서 그 연세에도 장을 보러 다니니
얼마나 보기 좋은지 모르겠네요."
아직은 70대인데….
그래도 칭찬이니 아름답게 듣기로 한다.

아직은 예쁜 카페에서 아포가토(Affogato)를 주문해서 먹고 싶은 나이.
내가 주문을 하면 직원의 입가에 미소가 어린다.
제발 아포가토를 먹는 할머니를 비웃는 미소가 아니길 바라는 건,
애써서 나이 먹는 것을 잊으며 살려는 노력은 하찮은 것이며,
의식하는 것 또한 하찮은 것이라는 반증이다.

마음 따라 사는 것이다.
종심으로 사는 것이다.

후배가 보내준 편지를 읽고, 나는 아직 70대임에 힘을 얻는다.

"이 세상의 위대한 업적의 64%는 60대 이상의 노인들에 의해 이루어졌다.
예술가 헨델, 하이든, 베르디도 고희의 나이에 불후의 명작을 발표했고,
소포클레스는 클로노스의 오이디푸스를,
괴테는 파우스트를 여든에 완성했다."

일에 대한 열정이 사람을 젊게 살도록 이끌어준다.

2월 1일. 날씨가 어떻든 무조건 봄이다.
계획한 대로 꽃시장에서 다육이를 사고,
뭐든 다 있는 다이소에서 육면체 철망 그릇과 인조 이끼를 산다.
여덟 개의 철망 그릇에 다육이를 심어 벽에 걸었다.
내가 알기에는 세계 최초로 거실 벽을 다육이로 멋을 부렸지 싶다.

책 한 권은 써놓고 죽어야 하지 않겠느냐는 생각을 해본 적이 없었다.
그러던 내가 70대에 어찌어찌하다 책 한 권을 내놓았다.
그 책으로 새로운 인간관계가 형성되기도 하면서

새로운 삶이 시작된 것이다.
전혀 생각지도 않았던 도예 전시회에 참석하기도 했다.
'간송옛집'과 가까이 생활하게 된 것 또한 기쁜 일이다.

호기심과 열정이 마련해준 자리이다.
나는 하은이, 하성이의 할머니이자
글을 쓰고, 도자기를 빚고, 사진을 찍는
아마추어 아티스트로 살고 싶은 아직은 70대.

조선을 그리다

조선(朝鮮)은 이름도 아름답지만, 건국이념이 더 아름다웠다.
정도전이 꿈꾸던 나라.
어찌 보면 한 개인의 위험한 생각이지만,
애민, 민본의 사상을 실천해 나가는 건국의 과정은
이성계도 아름답게 채색하게 한다.
요즈음, 조선의 5대 궁과 종묘를 돌아보고
박물관을 자주 찾는다.

선한 목적을 선한 방법으로 이루어 나가는 과정이지만
사람이 하는 일이라 절대적으로 완벽할 수 없었다.
손해를 보는, 제외당하는 소수의 사람은 있게 마련.
그 소수는 이기기 위해 폭력을 사용한다.

조선의 건국과정도 예외는 없었다.
정도전은 죽임을 당하고, 그 이름은 오랜 기간 조선의 금기였다.
왕의 나라가 아니라 양반의 나라였던 조선은 아름다우나
양반의 거친 정치는 서민과 천민을 혹독하게 괴롭혔다.

나라가 어려움에 처할 때는 양반이나 서민이나, 천민이
하나로 뭉쳐 이끌어온 나라 조선!
그러나 왕과 양반들의 실책은 조선의 백성을 너무 망가뜨려 놓았다.
조선 말기에 우리나라를 찾았던 어느 여류 탐험가가
조선 백성들의 삶은 아프리카 미개인보다 더 미개하고
비위생적이라는 평을 했다고 한다.
그때는 위정자들의 실책과 비인간적 방식이 백성을 분노하게 했고,
이때를 틈타 밀려오는 외세의 힘에 밀려
풍전등화의 안타까움에 처한 나라!
이런 때에 백성들은 가만히 있지 않고 외세를 향해 거칠게 항거하며
나라를 지키려 했다.
한(韓)민족의 저항의식은 식지 않는다.

여기까지 생각에 몰두해 있는 즈음에
모 방송국에서 아주 의미 있는 드라마를 방영해 나를 감동시킨다.
일본과 일본에 빌붙어 먹는 친일 정치인들에 의해
패망의 정점을 찍으려는 때에
나라를 구하기 위해 피를 토하고, 몸을 불사른 백성들이 있었다.
고종의 스승이었던 양반 중의 양반,
슬그머니 아버지를 닮은 그의 두 아들
그의 어여쁘고 당찬 손녀가 의병이다.

그들을 따르는 뼛속까지 의병인 일본 기생, 주모, 도예공, 파티셰,

보부상, 시장 상인, 역적이 되겠다던 사냥꾼⋯.

아비가 양반에게 매 맞아 죽고,

어미는 우물에 몸을 던진 노비의 아들은 미국으로 도망했다.

조국을 버리겠다 마음먹었던 그는, 자라서 미군이 되었다.

대한제국으로 파견근무를 나온 그는

자신과 부모를 버린 조국에 도움이 되는 일을 하지 않겠다면서도

역시 조국을 돕다가 죽음을 맞는다.

노비들마저도 사람 취급을 않는 천민 백정의 아들은

이를 갈며 조국을 떠나 일본 낭인의 오야붕이 되어 귀국한다.

귀국한 그가 한 일은 부모를 업신여기던 사람들에게 그대로 복수하는 것이었다.

그러나 올 곧바른 양반 소녀의 은혜를 입은 바 있는 그는,

그 소녀가 의병임을 알게 되자 의병을 도와 나라를 지키려 했다.

노비를 죽게 했던 돈 많은 양반의 아들은 항상 부끄럽고 초조하다.

많은 고뇌를 했던 그는

친일 정치인과 일본을 향해 글로써 항변을 하는 신문사를 만든다.

최고의 친일 매국노의 딸은

아예 왕을 돕는 조력자가 되어 나라를 지키고자 했다.

백성들 가운데 의병 아닌 자가 없었다.

외국의 무력 침략에 항거하는 의병들은

나라의 버림을 받았지만 목숨을 내놓는다.

찢기고 잘리고 피가 튀기면서도 도망하는 사람 한 명도 없이,
다 죽어가면서까지 싸운다.
임진왜란 때 의병의 자식은 정유재란 때 의병이 되고,
또 그 자손들이 일본의 침탈을 막으려는 의병이 되는 나라.
그렇게 500여 년을 지켜온 조선을 내어 주면 되찾을 수 없지만
빼앗기면 되찾을 수 있다는 신념으로 의병 활동이 활발했음을
강대국들이 알고 하나님이 아심으로 광복을 하게 된 대한민국.

강단지고 창의력 넘치는 국민들이 있어
세계의 꽃으로 아름다운 나라가 되었음은,
아름다운 조선의 애민정치를 이어받은 것이리라.

흙수저까지

미국에는 '은수저를 입에 물고 태어났다'는 말이 있다고 한다.
부자들의 식탁에 세팅되는 은수저는
스푼, 포크, 나이프 등 열 가지 이상이 된다.
아마도 부잣집에 태어나서 별다른 노력 없이 쉽게 성공한 사람들을
깎아내리려는 말일 것이다.
서양이나 우리나라나 은수저는 있었어도 금수저는 없었지 싶다.
이 말이 우리나라로 건너와서
금수저에서 흙수저까지 등급을 매겨 놓은 것이다.
부모의 재산 수준으로 사람을 구분하는 언어가 남발되고 있다.
모 장관은 자기가 흙수저라서 청문회에서 무시당했다고 했다.

'돈'은 사람의 학력을 높이기도, 능력을 기르기도, 문화를 향유하게도 한다.
질 좋은 물건을 지니게도 하고, 수준 높은 물질적 삶을 살게도 해준다.
그러나 사람을 등급으로 구분하는 수단으로 쓰는 것은
이젠 물릴 때가 된 것 같은데 계속하고 있다는 것이 답답하다.
어느 연예인의 아들인 가수는 스스로 금수저 출신이라고 대놓고 이야기한다.

'구분' 혹은 '구별'이란 인간의 본성 같은 게 사실이다.
'평등'을 원리로 주장했던 공산주의도
힘 있는 사람에게 부가 주어지는 '불평등'은 여전했다.
자본주의도, 공산주의도 다 망가진 오늘날,
더 나은 세상을 만들어 보겠다는 노력을 하면서도
흙수저 논리는 더해 간다.

현대사회를 살고 있는 우리는 가정이라는 울타리 외에도
이미 구분 지어져 있는 여러 모임에 속해 있다.
동창이나 직장 친구는 지금 같이 살고 있는 가족들보다 먼저 만난 사이이다.
이미 많은 것을 공유하고 있는 오랜 친구들은
금수저 흙수저와 관계없이 사랑으로 충분히 이어지고 있다.

안타깝게도 금수저 반열에 들지 못해 마음이 허한 친구는 있게 마련이다.
그 허함을 치유하는 방안을
'내가 알고 있는 사람이 금수저'라는 자랑으로 찾아보려고 한다.
아는 사람의 금수저로 자신의 수준을 높일 수 있다고 믿는다.
그들이 치유되기를 바라면서
아는 사람의 금수저에 대한 관심에서 벗어나
우리들의 두뇌를 말랑말랑하게 재구성해주는
인문적 교양에 수저를 꽂아보기를 권하고 싶다.

가장 허접한 취급을 받는 흙수저는 가치가 전혀 없다는 것일까?

사실 흙으로 빚은 수저조차도 없는데, 무슨 의미일까 궁금하다.

도예공방에서는 흙으로 찻숟가락을 만든다.

며칠 전 도예 선생님께서 새로운 방법으로 만든 찻숟가락 몇 개를 주신다.

흙으로 빚은 숟가락은 높은 열로 굽고, 유약을 발라 다시 구워서 만든다.

다시 구우면 전혀 새로운 소재의 창조물이 나온다.

새로운 가치의 탄생이다.

오늘날 우리가 사는 사회에 꼭 필요한 가치일 것이다.

금, 은, 동을 불에 구웠다 해도 그대로 금, 은, 동이다.

하지만 흙은 다시 태어난다.

자신의 부족을 알아내고 새로운 가치에 도전하는 흙수저들에 박수를 보낸다.

'흙'은 우리가 태어난 원천이다.

흙은 우리 삶의 기초이며 참으로 멋스런 창조의 세계로 이끌어준다.

나는 아직도 흙으로 꿈을 꾸고 있다.

큰 담긇 7 지름 42cm

소스 담器 그릇 8cm, 받침 36cm

접시 3 길이 78cm, 너비 23cm

옛 오리 오리 길이 28cm

접시 1 지름 28cm

십자가 높이 28cm

투각 바리에이션 7 높이 47cm

투각 바리에이션 2 높이 28cm

3부 책을 만나다

좋았던 책들과 그에 얽힌 이야기를 여기에 담는다. 아직은 손가락에
침을 묻혀 책장을 넘기면서 책을 읽는 것이 좋다. 책장 넘기는 소리가 생각의
고리를 일깨워주고, 손가락에 닿는 종이의 질감이 마음에 향수로 남기 때문이다.
인터넷 서핑을 좋아하면서도 아직은 인터넷으로
책을 사는 것보다 책방에서 손의 감각을 통해 책을 고르는 것이 좋다.
시간이 좀 있는 방학을 이용해 대형서점에 가서 이 책 저 책 넘겨보고 책방을
찾아드는 사람들을 기웃거려 보면서 몇 권의 책을 훑어보는 재미를 아직 좋아한다.
책을 이야기한다는 것은 아주 어설픈 일이겠지만, 책을 읽을 때마다 느껴지는 것과
그 책을 뽑아 들면 생각나는 이야기들을 적어가는 일이
무척 재미있을 것이기 때문에 이 일을 시작해본다. (1997년~)

꽃 담器 7

『그 섬에 내가 있었네』(김영갑)

제주도만 찍는 사진작가. 그래서 그는 제주도에 있다.
폐교를 하나 사서 사진 갤러리를 만들었다.
루게릭병에 시달리면서 그걸 만들었다.

결혼도 하지 않아 가족이 없다. 돈도 없다.
그냥 제주도가 좋은 그의 영혼이 있고,
한 컷의 사진을 남기기 위한 오랜 기다림이 있고,
아름다운 사진이 있다.

허름한 사내 김영갑은 섬사람들에게 경계의 대상이 되고,
이야깃거리가 되고,
이해받는 데 오랜 시간이 걸린다.

섬에 들어온 지 20년.
허름한 몰골과는 다른 사진을 찍는 그는
제주도를 아름답게 가꾸어 놓는다. 사진을 통해서.

보석 같은 그의 사진을 곁들인 이 책은,
기다림의 미학을 정리하며 그가 써 내려간 구수한 이야기들이다.
"누군가에게서 들은 말이다.
좋은 사진 작품을 만들기 위해서는
자연이 내가 원하는 이미지를 만들어 줄 때까지 기다려야 한다고."

그는 좋은 제주의 사진을 찍기 위해 사계절을 기다린다.
같은 장소에서 찍은 사계절의 사진이 그렇게 탄생했다.
그렇게 사계절을 기다려 하나의 연작을 만든다.
그러니 제주도에서 살아야 하는 것이다.

'기다림은 나의 삶'이라는 글에서 자신의 인생을 이야기한다.
대학 진학을 포기하고 프리랜서 사진작가가 되리라 결심한다.
제주도 생활 10년 동안 사진만 찍어댄다.
그러다가 병이 든다.

"불치병 선고를 받고 한동안은 충격에 휩싸여 지냈다.
하지만 이성의 힘을 찾은 뒤 나는 제일 먼저 폐교가 된 초등학교를 임대했다.
나는 그곳에 사진 전문 갤러리를 만들고 싶었다.
사과상자에 빼곡하게 담겨 자리를 못 잡고 있는 내 사진들을
그냥 버려둘 수가 없었다.

내가 살아있는 동안에도 창고에 갇힌 신세를 못 면하고 있는데,
내가 죽은 다음에는 애물단지나 되기 십상일 것이다.
어차피 이제는 사진을 찍을 수도 없으니
떠나기 전에 실컷 걸어두고 보고 즐기고 싶었다."

그래서 태어난 사진 갤러리,
그래서 세상에 드러난 김영갑의 영혼이 담긴 사진,
그래서 드러난 김영갑,
그래서 만들어진 아름다운 이 책.

2003년 봄, 어떤 치료도 거부한다.
죽음을 기다리면서 그가 하는 일은 철저하게 혼자가 되고,
온종일 갤러리에 갇혀 지내며 한적함을 즐기고,
내일을 기다린다.

"이제 기다림이 나의 삶이다."

『퇴계와 고봉, 편지를 쓰다』(김영두 옮김)

삼가 여러 번 절하며 답을 올립니다.

머리를 숙이며 글을 올립니다.

병자 황이 절합니다.

황이 또 아룁니다.

이황이 기대승에게 쓴 편지글이다.

퇴계와 고봉, 대학자와 청년학자.

스물여섯 살의 나이 차이를 뛰어넘어

스승과 같은 이황이 제자와 같은 기대승에게 편지를 쓴다.

기대승 역시 스승과 같은 이황에게 편지를 올린다.

서로 안부를 묻고,

사랑과 존경이 넘치는 덕담을 나누고,

삶의 철학과 가치관을 서로 나누고,

학문과 사상, 이(理)와 기(氣)를 논하며

그들의 편지는 13년간 계속된다.

성리학의 대가와

성리학의 이상을 실현하려 발버둥치며 노력하는

청년학자 간의 학문적인 논쟁은

사단칠정(四端七情)을 정립한 유명한 일화를 남긴다.

仁은 惻隱之心에서 비롯되며

義는 羞惡之心에서 비롯된다.

禮는 辭讓之心에서 비롯되는 것이며

智는 是非之心에서 비롯된 것이다.

"사단의 발현은 순수한 이(理)인 까닭에 선하지 않음이 없고,

칠정의 발현은 기(氣)와 겸하기 때문에 선악이 있다"라는 합의를 일구어낸다.

조선시대의 편지는,

인편이 있으면 보름 정도 만에 받을 수 있지만,

아무리 마음이 간절해도 인편이 없으면 여러 달 걸려 답장을 받는다.

편지를 전해준 사람을 세워놓고 답장을 쓰기도 하고,

편지를 썼다가 인편이 없어 못 보내고 다음 편지를 써서 같이 보내기도 한다.

또 써놓기만 하고 부치지 못한 편지도 많다.

그만큼 학문적인 논의에 대한 갈망이 컸음을 의미한다.

두 사람의 편지를 모아 책을 만들어 후세에 전하는 사람들의 노력이 있고,

이를 번역한 사람이 있어서 퇴계와 고봉의 시대를 들여다볼 수 있으니
얼마나 멋진 일인가.
상상의 저편에서 편지로 학문을 논했던 퇴계와 고봉의 열정을
우리는 이 시대에 알아야 한다.
그래서 우리는 책을 읽어야 한다.

고봉의 편지.

　　'四端은 理가 발현하여 氣가 따르고
　　七精은 氣가 발현하여 理가 탄다'는 이 글귀를
　　'精이 발현할 때는 理가 움직여서 氣가 갖추어지거나
　　또는 氣가 감응하여 理가 탄다'라고 고치고 싶은데
　　이 말이 선생님의 생각에 어떨지 모르겠습니다.

바로 이 내용이 오늘날 우리나라 고등학생들이 공부하고 있는 정설이다.
교과서에 실린 몇 줄의 개념이
이렇게 위대한 학자들의 오랜 연구와 논의 끝에 일구어낸 업적인 것이다.
이(理)와 기(氣)를 가르치고 공부할 때,
이 책을 먼저 이야기하고 읽으면 완전한 학습이 이루어질 것이다.

『선비의 의식구조』(이규태)

1970년대, 이규태의 '한국인의 의식구조' 시리즈가 많이 읽힐 때
나도 그의 글을 사랑했다.

그 시절 좀 안다고 하는 사람들,
특히 서구에 유학해서 공부하고 온 사람들에 의해서
우리의 것은 비합리적이고 비논리적이고,
비위생적이고 비인간적인 것으로 이야기되었다.
나 역시 그런 이야기에 젖어 있을 무렵,
이규태의 글은 적어도 나에겐 청량제였다.
우리 것에 대한 재해석과 그 비논리성의 논리성,
비합리성의 합리성, 비실질성의 실제성 등을
풍부한 자료를 제시하며 증거해내는 그의 용기에
참으로 많은 박수를 보냈다.

한국인의 긍지를 가슴에 품고,
특히 선비의 의식구조를 통해 나의 캐릭터(character)를 설정했다.

선비처럼 살자.

나는 선비다.

체면의식과 명예심에서 아름다움을 건져내면서

나의 명예를 위해 최선을 다하는 삶을 살 것을

마음으로 다짐하였다.

추워도 곁불을 쬐지 않으며,

물에 빠져도 개헤엄 치지 않으며

굶어도 노동하지 않는 선비의 체면의식에서

우리 선비들의 아름다운 뼈대 근성을 배우기로 했다.

이미 부모님으로부터 물려받은 바 있는 선비적 인성,

그것을 나의 인성으로 굳혀 가는 것을 주저하지 않게 해준 것이

바로 이 책 『선비의 의식구조』였다.

오늘날 우리 것의 우성(優性)을 재조명하며,

가장 한국적인 것이 세계적인 것이라는 의지를 다지는

우리 사회의 변화에 갈채를 보낸다.

서양에는 노블레스 오블리주(Nobless Oblige)라는 것이 있다.

'사회에서 혜택받은 자의 의무'.

나는 그것이 좋다.

우리 선비의식 속에도 물론 그 정신이 있음을

책에서 찾아낼 수 있었다.

멋진 우리 민족의 의식 생활이 무엇엔가 묻혀 스러져 가고 있었다.

빨리 건져내어 아름답고 슬기로운 우리 민족으로 가꾸어 가기 위한

선각자들의 노력을 인식하는 것이 우선되어야 할 나의 과제임을 깨닫는다.

미디어가 그 과제를 해결해 가도록 돕고 있다는 생각을 한다.

그 미디어를 통해 알게 되는 선각자들의 노력에 박수와 응원을 보낸다.

때로는 그들의 노력에 감동하면서.

『섬진강』(김용택)

섬진강 연시.
섬진강이 곱고 풍요롭고 기대어 살 만하다는 시어는 없지만,
섬진강에 기대어 살아가는 민초들의 삶을
평상에서 쓰는 언어로 써 내려갔다.

시인 역시 섬진강가의 마을에서 태어나
지금까지 그곳을 떠나 살아본 적이 없다.
그 마을에서 자라 그 마을 초등학교 선생님을 하면서 시를 쓴다.
『섬진강1』을 가지고 작품 활동을 시작.
『섬진강20』까지 쓰고도 모자라
『섬진강 이야기1』, 『섬진강 이야기2』두 권을 더 써냈다.
섬진강이 없으면 아무것도 할 수 없는 사람인가 보다.

그의 책을 읽은 이후여서인지는 몰라도
섬진강에 기대어 살아가는 이야기가 TV 프로그램으로 나올 때는
숨을 죽이며 보곤 했다.
재첩 잡는 이야기, 은어 잡는 이야기를 따라가다 보면

섬진강을 가보지 않아도 다 알 수 있었다.
그곳의 모래밭은 아름답지 않으면 안 되고,
강가에는 반드시 대나무 숲이 바람을 일으켜야 한다.
조용히 흐르다 바다를 만나면 무엇을 속삭이는지, 무엇을 주고받는지
가보지 않아도 알 수 있을 것 같았다.
그러나 가보고 싶은 곳이었다.

그냥 섬진강가 마을에 사는 농부의 언어 같은 시.

> "저무는 섬진강을 따라가며 보라
> 어디 애비 없는 몇몇 후레자식들이
> 퍼간다고 마를 강물인가를."

이렇게 끝맺는 『섬진강1』은 다음 이야기를 끌어낸다.
『섬진강2』를.
그리고 『섬진강3』을 사랑이야기로 이끌어낸다.
그렇게 『섬진강20』을 쓰는 동안
섬진강가 사람들의 사랑과 인생을 모두 그려낸다.

그 섬진강을 가 보았다.
진주 가는 길에 거기까지 달려가 본 것이다.

지리산이 있어 섬진강이 흐르고,
섬진강이 있어 사람들이 옹기종기 모여 산다.

『섬진강 이야기』1과 2는
산 이야기, 바람 이야기, 물고기 이야기, 구름 이야기,
새 이야기, 나무 이야기, 하늘 이야기로 가득하다.
이런 것들 없이 사람이 있을 수 있나.
사람이 사람일 수 있게 하는 자연들을 이야기하면서
그는 자연이라는 말을 별로 쓰지 않는다.
시인 스스로가 자연스런 삶을 살고 있기 때문일 것이다.
그렇게 알게 된 김용택 시인이
아기 같은 얼굴로 쓴 책을 다 읽는다.

한평생 고향을 떠나지 않고 어린이들과 놀며, 시를 쓰며,
그 얼굴로 정년퇴임을 한 그의 삶은
아름답고, 아름답다.

『야생초 편지』(황대권)

"제비꽃을 모둠 야초 무침에 넣으면 보라색 꽃이 구미를 당긴다.

밥 먹을 때 꽃을 하나 따서 밥숟갈 위에 얹어 먹으니 향긋한 게

이색적인 맛이 나더구나.

대부분 사람들이 나물 하면 야초의 잎과 줄기만을 떠올리지만,

사실 꽃까지 먹을 수 있는 야초들이 많다.

나는 나물을 할 때 꽃이 보이면 웬만한 것은 다 따다 넣어서 무쳐 먹는다.

특히 샐러드를 만들 때 넣으면 독특한 향기를 즐길 수 있다.

단, 치자꽃이나 국화처럼 향내가 너무 짙은 것들은 넣지 않는 게 좋다.

느끼하거든.

내가 제일 좋아하는 꽃은 뭐니 뭐니 해도 호박꽃이다.

호박꽃이 피기 전의 뾰족하게 생긴 꽃망울을 따다가

호박잎과 함께 쪄서 먹으면 맛이 그만이다.

이렇게 찐 호박꽃을 서너 송이 하얀 접시에 담아

된장 그릇과 함께 상에 놓아 보아라. 얼마나 보기에 좋다구.

밖에 나가면 해 보고 싶은 것 중의 하나가 각종 꽃을 따서

꽃 샐러드를 한번 만들어 먹는 것이다.

멋질 것 같지 않니?"

12월 어느 날 받아 본 고도원의 아침편지 전문이다.

그리고 "이 글은 황대권의 『야생초 편지』에서 인용했다"고 덧붙여 있었다.

그 귀여운 제비꽃을 먹는다?

나는 봄이 오면, 그래서 제비꽃이 피면,

황대권의 『야생초 편지』라는 책을 보면서 꽃 샐러드를 만들어 보고 싶었다.

꽃 샐러드를 먹을 수 있을지는 모르겠지만

만들어 보고 싶다는 생각으로 학교 앞 책방에 책을 주문했다.

지금은 책을 구할 수가 없고 계속 찾아보겠다고 한다.

그때 나는 황대권이라는 인물이

야생초나 허브를 연구하는 사람일 거라 마음대로 생각하고 있었다.

그리고 한 달쯤 지난 어느 날,

나는 그 책을 대형 할인매장의 서적 코너에서 만났다.

책 표지의 날개를 펼쳐서 저자 황대권에 대해 읽어본다.

'세상에 이런 일이 있었구나…'

"밖에 나가면 해 보고 싶은 것 중의 하나가

각종 꽃을 따서 꽃 샐러드를 한번 만들어 먹는 것이다"에서

"밖에 나가면"이란 구절을 빼고,

"각종 꽃을 따서 꽃 샐러드를 만들어 먹는 것"만 마음에 남겨서

'야생초 연구가' 황대권으로 생각했던 것인데,
정작 황대권은 내가 상상하던 사람이 아니었다.

서울 농대를 졸업하고 미국에서 정치학을 공부하던 중,
학원간첩단 사건에 연루되어 무기징역을 선고받았다.
2001년 6월 8일 MBC 방송의 '이제는 말할 수 있다'를 통해
국가기관에 의한 조작극이었다는 사건의 진상이 세상에 널리 밝혀졌지만,
그때는 이미 그가 서른 살이던 1985년부터 1998년 마흔네 살이 될 때까지,
13년 2개월 동안의 황금 같은 청춘을 감옥에서 보낸 후였다.

교도소에서 할 수 있는 일은 거의 없다.
그는 고정된 인격신을 넘어
모든 것에 편재하는 하나님을 추구하게 되었다.
전에는 잘 보이지 않았던 물건이나 벌레, 풀 같은 존재들이
신령스런 존재로 다가오기 시작했다.
그리고 감옥 안에 야생초 화단을 만들어
100여 종에 가까운 풀들을 심고 징역 생활을 즐기기 시작했다.

감옥의 역사에서도 유례를 찾아볼 수 없는 일이었다.
그는 감옥을 투쟁 장소가 아니라
존재를 실현하는 곳으로 바꾸어버린 것이다.

그는 가족에게 편지를 쓴다.
자기가 기르는 야생초에 담긴 이야기를 그림과 곁들여 써서 보낸다.
그림을 잘 그리는 그는 그림을 그리면서 시간을 보낸다.
야생초에 몰두하고, 그림에 몰두하고, 책에 몰두한다.
고통을 승화시켜 아름다운 인생을 가꾸어 가는데,
하나님이 곁에서 도와주신다.

밖으로 나온 그를, 세상은 기꺼이 받아들였다.
그가 동생에게 보낸 야생초 편지는 책으로 꾸며졌다.

그의 글은 평온하다.
내년에 교도소에 심을 씨앗을 갈무리하는 그는 평온한 농부 같다.
야초를 맛있게 먹는 그의 미각은 평온하다.
그의 마음이 평온해서
하나님의 사랑을 한꺼번에 받은 것이라는 생각이 든다.
야생초는 그의 생활을 감옥에서도 자유로운 사람으로 거듭나게 했고,
사색하며 수련하는 생활을 가능하게 했다.

지금 그는 농사를 지으며, 글을 쓰며, 강의를 하며 지내고 있다.
긴 고난의 생활이 오히려 그의 삶을 살찌게 했다고 생각할 수도 있지만,
13년은, 너무 억울한 세월이다.

그 억울한 세월을, 좋아하는 야생초와 편지와 그림이 함께했다 하더라도
다시 살아내고 싶지는 않을 것이다.
그나마 밖에 나와 있는 그가 아름답게 살아가도록
이 세상이 그를 배려하고 사랑하고 있으니 얼마나 다행인가.
이 책을 읽은 나 또한 그를 사랑할 것이다.

『주막에서』(천상병)

천상병의 시를 읽는 일보다
그의 아내가 경영하는 인사동의 '귀천'이라는 찻집을 먼저 찾았었다.
귀천(歸天)이라는 작은 간판을 찾는 일은 쉽지 않았다.
간판뿐 아니라 찻집 또한 그렇게 작고 허술한 방일 수가 없었다.
다 쓰러져 가는 한옥의 방 한 개,
테이블 세 개 놓고, 열댓 명 끼어 앉으면 꽉 차는 귀천은
천상병 시인의 아내가 경영한다는 유명세가 없었다면
찾는 사람이 있을까 싶었다.
나 또한 바로 그 이유 때문에, 호기심 때문에 찾았던 것이 아닌가.
그러나 귀천에서 파는 모과차, 유자차, 대추차가 좋았고,
차를 담아내는 질박하고 탐스런 찻잔이 크고 매력 있었다.
귀천에서만 볼 수 있는 찻잔은 어느 도예가가
귀천을 위해 제작해준 것이 아닐까 싶었다.

가난이 덕지덕지 묻어 있는 시인과 찻집…
그러나 찻잔은 경복궁보다 부유했다.
그리고 코스모스처럼 아리땁고 가냘픈

찻집 주인의 눈빛이 좋았다.

운 좋은 어느 날, 찻집에 나온 시인을 만났다.
심한 고문을 당한 후유증으로
10초 간격으로 손목시계를 들여다보는 행동을
경련처럼 반복하고 있었다.
그걸 틱이라고 하던가?
찻집에서 팔고 있는 시집을 사면서 사인을 해 달라고 청했다.

"고명희님 혜존. 천상병. 1987년 1월 31일."

시인의 떨리는 손으로 서명을 받은 시집이 『주막에서』이다.
그는 찻집에서도 술을 마시고 있었다.
그의 괴로운 삶을 막걸리 몇 잔으로 살아내는 기행을
그의 아내는 선한 눈빛으로 사랑하고 있었다.
그렇게 살아가는 부부의 모습에서
황혼의 찬란한 아름다움을 보았었다.
나는 그렇게 그날의 그 찻집과 시집 『주막에서』를 기억한다.

『죽비소리』(정민)

'나를 깨우는 우리 문장 120'이라는 부제를 가진 이 책은
정민 선생의 책이기 때문에 선택한다.
한국한문학(韓國漢文學).
한문으로 쓰인 우리 조상들의 글,
우리의 정서와 생각이 거기에 있어 좋다.
첫번으로 소개하는 조희룡의 글에 미소 짓게 하는 구절이 있다.

"난초 하나, 바위 하나가 별을 따기보다 어렵군요."

마음이 내키지 않아서인지
화가가 난초 하나, 바위 하나 그리는 것이 별을 따기보다 어렵다고 한다.
'難於摘星'이라는 어휘를 쓰는
한 사나이의 모습이 자못 궁금해진다.

그 유명한 박제가의 글도 있다.

仰見土領 可五里

　　　　禿楓如棘 流礫橫逕

　　　　尖石冒葉 遇足而脫

　　　　機跌而起 手爲搨泥

　　　　差後人嗤笑 迺拾一紅以待之

　　　　"토령을 올려다보니 5리쯤 되겠지 싶은데,

　　　　잎이 다 진 단풍나무는 가시 같고, 흘러내린 자갈이 길을 막는다.

　　　　뾰족한 돌이 낙엽에 가려 있다가 발을 딛자

　　　　비어져 나오는 바람에 자빠질 뻔하다가 일어났다.

　　　　그 바람에 손으로 진흙을 짚었다.

　　　　뒤따라오는 사람의 웃음거리가 될까 봐

　　　　붉은 낙엽 하나를 주워 들고 기다렸다."

박제가의 부끄러움이 단풍보다 붉다. 여린 여자아이처럼.

오래전 그 시절,

지금의 우리와 다름없는 정서와 생각을 가졌던 이들의 글에 공감하며 빠져든다.

길지 않은 문장 속에 딱 한 줄의 핵심.

요약의 귀재들이다.

배우고 싶은 문장 기법이다.

　　　　秋陽照室.

또 감성적인 박제가의 글이다.
"가을볕이 방에 비친다"를
"가을볕이 슬그머니 방 안으로 들어와 앉는다"라고
정민 선생은 더 운치 있고 감칠맛 나게 해설을 곁들여준다.
원래 우리말과 글은 시어(詩語)로서 적합하다는 것을
확실하게 보여주고 있는 것이다.

이 책은 훌륭한 사상가, 학자, 화가 등을 만나게 해주면서
120개의 문장을 가려내어 우리에게 소개한다.

『정민 선생님이 들려주는 한시 이야기』라는,
초등학생을 위해 쓴 책이 있다.
이 책에서 가장 감동하며 읽은 글이 있다.
마음에 담아두고 가끔씩 꺼내 보는 글이다.

아비 그리울 때 보아라
– 이옥

爲郞縫衲衣 우리 님을 위해 누비옷을 짓는데
花氣惱懷倦 꽃기운 때문에 피곤하고 나른해서
回針揷襟前 바늘을 돌려 감아 옷섶에 꽂아두고는

坐讀淑香傳 앉아서 숙향전을 읽었답니다.

이 시에 나오는 『숙향전』은
시인의 아버지가 필사해서 보내준 소설책이다.
필사를 마치고 마지막 줄에
'아비 그리울 때 보아라'라는 쪽지글을 써 넣었다.
조선시대에, 시집간 딸에게 이렇게 애틋한 사랑을 보내는
어느 아비가 있었다는 사실도 정민 선생의 수고로 알게 된다.

수많은 책에서 120개의 문장을 가려내는 수고는
수십 년의 노력과 연구 없이는 안 되는 일이다.
우리는 평생을 걸려도 만져보지 못할 정도의 귀한 보물을
한순간에 누리는 것이다.
책 한 권의 비용으로 수지맞는 장사를 하는 셈이다.
그렇게 정민 선생의 책에 한동안 빠져 살았다.

세 권의 책

요즘 핫한 문제작, 화제작으로 대한민국을 들썩이고 있는
유발 하라리의 『사피엔스』를 사서 읽기 시작했다.
수필을 읽어내듯, 이야기를 듣는 듯
순하게 한 권을 다 읽어 낸다.
그렇게 하라리는 사피엔스(인종, 인류)의 역사를 들려준다.

동물과 다를 바 없는 사피엔스 외에도
여섯 종의 인간이 살고 있었다는데
모두 멸종하고 사피엔스만 살아남은 것은
사피엔스만이 협동이 가능한, 상상하는 존재이기 때문이란다.
인지혁명, 농업혁명, 과학혁명은 사피엔스의 진화를 가속화시키고
인류는 대통합을 이룬다. 돈으로 종교로 제국주의로….
이렇게 20세기까지 살아온 사피엔스는
과학의 힘으로 병들지 않고 죽지 않는 사람,
신이 되는 과정에 들어서는 '길가메시 프로젝트'를 추진한단다.

내 삶에 걱정이 생긴다.

별 사고가 없으면 150세까지 과학의 시대를 살아야 한다니,
지금 살아온 만큼 긴 시간을 어떻게 죽이며 지내지?
장수하시는 어른들과 같이 살면서 나의 늙음이 걱정되던 차인데,
이제 어떡하지, 어떡하지…

요즘 새로 생긴 서점이 있다.
책을 읽고 가는 고객을 위해 의자를 많이 배치해 놓은
예쁜 서점이다.
서점 안에 간단히 요기할 수 있는 깔끔한 식당도 있고,
앞으로 나의 놀이터로 괜찮겠다 싶은 곳이다.
그 서점에 들러 『호모데우스』까지 샀다.

내 손자들은 21세기 신(神) 인간 '호모데우스'로 살아야 한단다.
AI 인공지능 로버트와 살아야 할 그들에게 들려줄 이야기를 찾기 위해서
더불어 나의 시간을 소비하기 위해서
예쁜 서점에서 놀며 시간 죽이기,
흙으로 그릇 만들며 시간 죽이기,
사진 찍고 거기에 글 쓰며 시간 죽이기…
'친구는 식당이 아니라 예쁜 서점에서 만나는 거야'
등등의 궁리를 해본다.

나의 놀이터에서 친구를 만나

두어 시간 나의 계획대로 같이 놀아보았다.

친구도 나의 놀이 구상이 멋지다고 같이 놀자고 한다.

젊은이들은 이 책을 보며 어떤 일을 하며 살 것인가를 고민할 텐데,

나는 잘 놀아볼 궁리를 하면서

사피엔스의 마지막 세대를 보내는 중이다.

'호모데우스'의 날들을 살아갈 손자, 손녀에게

어떤 일을 하며 살고 싶은가 질문하기 위해

『21세기를 위한 21가지 제언』도 구입한다.

심지 깊은 역사학자, 천재적 이야기꾼

'유발 노아 하라리'에게 몇 년을 푹 빠져 살게 될지 유쾌하다.

책을 사고, 책을 읽고, 책을 만나면서 얻게 되는

작가와의 만남이 또한 독서의 기쁨 중 하나다.

글이, 말이 과거를 알게 하고,

현재의 삶을 재구성하며,

미래를 바라보게 하는 힘으로 작용한다는 것을 재미로 알고 있음이다.

『21세기를 위한 21가지 제언』 역시

하라리의 이야기를 듣는 기분으로 읽고 있지만 많이 어렵다.

AI(인공지능)의 발달로 일 없는 사람들이 늘어나고 있지만

인공지능이나 의료활동을 위한 창의적 인력은 그대로 필요하단다.

수명이 길어진 노인을 돌보는 일,
태어나는 아기들을 양육하는 일은 직업이 될 것이고
자기 아기를 기르는 엄마에게
국가가 임금을 주는 일이 일어날 수도 있단다.
나는 어려운 이야기는 다 잊고
이렇게 쉬운 이야기만 기억하면서 책을 읽는다.

달라지는 세기를 살아가기 위한
인간의 의식 활동의 변화는 필연이다.
명절 때마다 며느리 속 썩이고, 사위 무시하는
우리 노인들의 의식 변화는 이루어질까?
그리하여 인간의 원죄적 갈등이 사라지는 세기를 만들 수 있을까?
이번 설 명절 중에
인공지능 로봇이 인간사회에서 살아가는 이야기를 그린 드라마를
첫 회부터 마지막 회까지 '다시보기'로 보았다.
하라리의 책을 읽는 중에 보았기 때문에
AI 로봇의 편에서 인간의 원죄적 악을 성토하는 마음으로 보았다.
이 때문인지 인간이 로봇과 좋은 관계를 형성하는
해피엔딩에 기분 좋은 박수를 보내준다.
이런 식으로 하라리에 빠져 한동안을 지내게 될 것 같다.

훌륭한 이야기꾼 하라리의 책을 끝내는 대로
그 예쁜 서점에서 이야기꾼 유시민 작가와 조승연 작가의 책을
사게 될 것 같다.
책에서 어려운 단어나 용어를 만나도 문제 될 것이 없다.
스마트폰으로 '구글' 사전에 물으면 전적으로 대답해주니 말이다.
그리고 '소월에게 묻기를'이란 노래를 듣게 되면서
소월 시집을 다시 사야 할 것 같다는 생각을 한다.

꽃 담器 3 높이 24cm, 11cm

밥 비비器 3 지름 18cm, 높이 10cm

과일 담器 2 지름 21cm, 높이 11cm

나의 다器 꽃 담기 5cm, 차 담기 6cm, 숙우 10cm

접시 6 지름 35cm, 한 변 35cm

투각 바리에이션 1 높이 28cm, 24cm

투각 바리에이션 8 꽃길, 높이 47cm

투각 바리에이션 8 꽃길, 높이 47cm

꽃 담器 2 높이 42cm

4부
서울 속 깊은 숲

서울은 깊은 숲이다.
조선 역사의 숲이 깊고,
문화의 깊은 숲이 있음을 말함이다.

솟대 오리 12 ~ 18cm, 높이 130 ~ 180cm

서울 숲의 시작 경복궁

나의 어린 시절 50년대는
일제의 잔재가 선생님들의 마음을 아프게 했고
6.25의 폐허는 부모님의 상처가 되었다.
경복궁 근정전을 가리는 중앙청 건물은
일제의 잔재이므로 없애야 한다는
선생님들의 주장과 가르침을 듣고 자랐다.
이제는 우리나라를 찾는 관광객도 많고,
그중에는 일본 관광객도 적지 않은데
일본의 젊은 관광객들이 중앙청 건물을 바라보면서
호연지기를 기른다는 것이다.
중앙청 건물을 없애고 광화문을 세우니
근엄한 근정전과 아름다운 경회루가 조화를 이루는 경복궁이
완전한 모습으로 드러난다.

애민, 민본을 내세운 아름다운 조선과 함께한 600년 서울이
요즘 더욱 귀하게 여겨지고, 자랑스러운 것은 나이 탓일까?

조선의 시작이자 서울의 시작을 태조는 정도전과 함께했다.
경복궁을 지어 조서왕조의 위엄을 드러내고,
민본의 정당성을 드러내려 했다는 아름다운 이야기에 고개를 끄덕이며
모처럼 조선에 관심을 갖는다.

조선의 민본정치에 대한 관심은 정도전에 관심을 갖게 하며,
태종 이방원에 의해 흔들렸던 상황에 애가 탄다.
태종의 아들 세종은 민본, 애민을 이어받기 위해
어려운 상황에서도 기꺼이 왕위를 계승했으리라 생각해본다.
그는 백성을 위한 좋은 생각과 제도를 펼치기 위해서는
힘이 필요하다는 생각을 했을 것이다. 바로 왕의 힘.

궁의 전각에 이름을 붙여 애민하는 왕의 자세와
왕비나 왕족의 자세, 위정자들의 자세를 정리하려 했다.
광화문, 근정문, 근정전, 사정전…
사람을 가르치는 힘으로 작용하는 건물의 이름들은
지금도 힘이 있는 언어의 위용을 발휘한다.

임진왜란과 인조반정 때 불타 없어진 경복궁을 복원하지 않고
고종 때까지 그대로 둘 정도로 조선의 왕들은 창덕궁을 좋아했나 싶다.
만약 경복궁에서 정사를 보았다면 조선왕조는 명운이 달라졌을까?

대원군에 의해 경복궁은 제 모습을 찾았지만
어려운 백성들에게 당백전의 짐을 지워 원성이 하늘을 찌른다.
경복궁을 중건하기 위한 건축자재를 얻으려
경희궁을 뜯어내기 시작했다는 이야기가 전해지기도 한다.
왕조의 견고함을 되살리려 했으나
오히려 경복궁은 명성황후가 일본에 의해 시해당한
부끄러운 곳이 되었다.
조선의 시작이며, 조선의 마지막을 감당한 비운의 궁이 된 셈이다.

1990년대에 완전하게 복원한 경복궁!
근정전을 보면 그 위엄이 기분 좋다.
경회루의 아름다움은 놀랍다.
나는 경복궁에서 조선 궁의 굴뚝의 아름다움을 알게 되었고,
어느 궁에 가든 굴뚝을 찾아보는 나만의 즐거움이 생겼다.
궁의 굴뚝은 가히 예술품이다.

유명하기는 경운궁 돌담길이지만
아름답기는 경복궁 돌담길이 아닌가 싶다.
동쪽 돌담길을 걷던 어느 외국인이
조선의 백성들은 매우 온순했을 것이라고 했단다.
한걸음에 뛰어넘을 만큼 나지막하게 담을 쌓은 것은

왕이 백성을 믿고 있음을 말하는 것이란다.

동편 돌담길을 걸어 삼청동으로 가면 북촌이다.

내 딸이 살고 있는 높은 북촌 동네에 서면 궁이 내려다보인다.

많이 가본 것은 아니지만 서양의 궁은 그 지역의 가장 높은 곳에 있다.

어느 곳에서도 궁을 내려다볼 수 없다.

순박하고 착한 백성이 사는 나라에

5,000년 동안 외침이 무려 290여 차례.

다른 나라를 먼저 침략한 적이 한 번도 없었던 한(韓)민족은

난(難)이 있으면 목숨 바쳐 나라를 지키던 의리의 민족이었다.

덕분에 반만년 역사를 지켜왔다.

경복궁에는 고궁박물관과 민속박물관도 있다.

특히 고궁박물관은 달항아리 전시회와

프랑스에서 되찾아온 의궤 전시회를 볼 수 있었던

감동적인 곳이라서 더 자주 찾게 된다.

오늘은 내가 가장 사랑하는 아미산의 굴뚝과

그동안 너무 소홀했던 고종의 서재 집옥재를 보고 싶어

배낭을 메고 경복궁을 향해 걷는다.

세계인류문화재 창덕궁과 후원

태조는 한양으로 천도한 후
사직단과 종묘를 지어 나라의 안녕을 지키고자 했고,
경복궁을 지어 왕조의 견고함을 드러냈다.
태종 이방원은 왕자의 난을 일으켰던 경복궁이 싫었다.
동생을 둘이나 죽인 패륜의 현장을 떠나고 싶었을 것이다.
이 때문에 창덕궁을 지었을지도 모를 일이다.

오랜 세월 왕들은 경복궁보다 창덕궁을 더 사랑했던 모양이다.
후원도 세계에 둘도 없이 아름답게 가꾸었고
건물들도 아름답게 남아있어
유네스코의 세계문화유산으로 지정되었다.
창덕궁의 건물들은 단단해 보이고 아름답다.
특히 후원의 아름다움은 세계가 인정하고 있다.
요즘은 젊은이들의 '한복입기' 놀이가 창덕궁을 더 아름답게 가꾸고 있다.
한복 입은 젊은이들의 모습은
마치 조선시대로 거슬러 올라간 듯한 착각을 불러일으킨다.
젊은이들의 참신한 생각이 좋고, 예뻐서 좋다.

부끄럽게도 창덕궁을 비원이라는 이름으로 찾았던 때가 더 많았다.
교통이 좋지 않은 때,
창덕궁 후원은 어린 학생들의 소풍 장소로 맞춤이었다.
대학생 때는 미팅 장소로, 친구들과 모임 장소로도 찾았다.
후원은 찾으면서 궁을 돌아보려는 생각은 미처 하지 못했다.
창덕궁은 후원만이 아니라 궁도 아름답다.
특히 땅의 모양 때문에 자연에 순응하도록 지어져서
자연스러운 아름다움을 자랑한다.
유명한 청기와 건물은 광해군과 연산군이 특히 좋아했다고 한다.
청기와의 색깔을 내는 염료는 실크로드를 통해 수입하는
아주 값비싼 재료이기 때문에 많이 사용할 수 없었다고 하는데,
청기와가 청자 기법으로 만들어졌을 것이라는 나의 잘못된 지식을
오늘 바로 잡게 된다.

아름다운 궁이지만, 어찌 아름다운 이야기만 있었을까?
왕은 어쩌자고 여인들의 시샘과 질투를 유발하는 일로 스트레스를 풀었을까?
이런 엉뚱한 생각으로 왕조를 할퀴어서는 안 되겠지만,
그 시대 여성들의 지위는 '남존여비'라는 단어로 요약되고 있다.
그럼에도 왕의 여인들과 왕의 비사는
오늘날 우리를 울고 웃게 해주는 이야기로 되풀이된다.
조선의 마지막을 지켰던 낙선재 여인들의 이야기는

슬프지만 백골의 건물처럼 하얗게 아름다웠다.

여름날 무성한 숲처럼
왕조의 역사가 숲을 이루었던 궁에서 하루를 잘 보낸다.
내년에는 아름다운 창덕궁에서
'달빛 기행'이라는 아름다운 행사를 즐겨 보고 싶다.
달이 뜨는 밤에 관광객들이 청사초롱을 들고 궁을 관람하는 이 행사는
신청이 어려워 지금까지 참여하지 못하고 있다.
'별빛 기행'이라는 이름으로 별이 보이는 밤에 궁을 관람하는
이 기막힌 일을 누가 먼저 하자고 했을까?

도시에 인구가 늘면 창의력도 10배 20배 증폭된다고 하는데
천만 인구를 가진 서울의 창의력은 세계적 수준이다.
새로운 것을 만들어내는 창의력과
예부터 있는 자원을 재생하는 창의력 또한 세계적일 것이다.
사람을 예쁘게 만드는 K-뷰티 산업이 세계 제일이라는 자랑이 크다.

'I Seoul you!'라는 문장을 만들어낸 서울이다.
동사형으로 쓰인 Seoul에는,
더욱 많은 뜻과 내용이 담겨
서울을 더욱 서울답게 만들 것으로 기대해본다.

창경궁의 가을

오늘은 가까운 창경궁에서 궁을 거니는 깊은 일을 시작한다.

왕비와 후궁들의 처소로 지어진 궁이라고 소개하고 있다.

창경궁은 사도세자와 혜경궁 홍씨의 비극,

그리고 정조대왕의 슬픔과 외로움을 품고 있다.

그들보다 더 외롭고 힘들었을 영조대왕의 숨결이 바람을 일게 한다.

세계 어느 나라나 궁은 슬픔을 안고 있다.

홍화문을 들어서면 바로 광정문이 기다린다.

명정문에 연이어 명정전 마당이다.

어느 궁보다 대문에서 중심 전각인 명정전까지의 거리가 짧다.

왕과 왕자와 신하들이 경연을 하며 정사를 돌보았던

숭문전이나 문정전이 붙어 있는 듯 가깝다.

공부를 많이 하는 왕을 원했던 조선.

문정전과 대비의 침전인 경춘전, 왕과 왕비의 침전이 한마당에 있다.

건물과 건물 사이에 작은 정원이라도 있었더라면 싶을 정도로 순박하다.

그리고 답답하다.

영조가 태어나고, 사도세자가 태어나고, 정조가 태어나고,

또 그 아들 순조가 태어났다는 영춘헌과 집복헌 등
왕비와 후궁들이 기거했던 건물들이 거의 이마를 맞대고 있다.
왕비와 후궁들의 사이가 좋을 수도 나쁠 수도 있었던 거리다.
영조는 이곳에서 책 읽기를 좋아했다고 한다.

궁 건물들을 지나 창경궁 후원으로 들어섰다.
늦은 가을날, 후원의 단풍은 봄날의 꽃보다 더 붉고 노랗고 곱다.

"내가 그대에게 꽃이 되어 주리라."

단풍은 나에게 그렇게 속삭인다.

춘당지엔 30여 마리의 원앙들이 봄인 듯 서로를 희롱하며 즐겁다.
일제의 흔적인 대식물원이 수리되어
유럽의 수정궁 모양으로 자리하고 있다.
일제의 기분 나쁜 흔적이 가장 많이 남은 창경궁에서
그 흔적을 지우는 작업은
종묘와 창경궁을 잇는 다리를 없애고 옛 모습 그대로 동산을 만드는 것이다.

비가 오리라는 예보가 있더니
구름을 몰고 오는 바람이 불면서 나뭇잎을 사정없이 떨군다.

아직은 고운 빛이 남았는데,
지난해의 낙엽들과 어울려 뒹구는 그들이 애처롭다.
가을비가 후두둑 떨어지기 시작한다.
'가을비', 세상 어느 나라에 이보다 더 슬픈 단어가 있을까.
이 비 그치면 꽃처럼 곱던 나뭇잎은 다 떨어지고
앙상한 가지만 남는 겨울이다.
늦가을 비에 잠깐이지만 인생의 만 가지 생각이 스쳐 지나간다.
어제쯤 나왔으면 더 좋았겠지만
비가 오기 직전에 궁 후원의 아름다운 가을을 보았으니 그걸로 되었다.

창경궁은 창경원이란 이름으로 불렸던 적이 있다.
동물원이 있었고, 밤 벚꽃놀이가 유명했다.
어린 시절 부모님과 봄마다 들렀다.
그 놀이가 우리의 부끄러움이었다는 걸 후에야 알게 되었다.
나는 나의 아이들에게 창경원 아닌 창경궁을 보여주기 위해 애썼다.
창경궁의 후원은 창덕궁 후원보다 작고 아담해서
나이 먹은 요즘 한 바퀴 돌아보기에 딱 알맞다.

불타 없어지는 경우가 아니면 천년을 거뜬히 넘길 목조 건물들의
기적 같은 아름다움을 다시 보러 오길 잘했다.

덕수궁과 돌담길

덕수궁 돌담길.
수없이 들어보고 수없이 걸어본 친근한 길이
한동안 통행을 제한했던 구역을 마침내 개방했다.
오늘은 그곳에서 걷기 운동을 하기로 한다.
덕수궁에는 국립현대미술관이 있어 가끔 간다.
오늘은 미술관이 있는 덕수궁이 아니고
고종의 고뇌가 가득한 경운궁 역사의 숲을 걷고 싶다.

명성황후가 시해된 후 고종은 경복궁을 떠나 덕수궁으로 옮긴다.
석조전은 고종의 집무실로 사용하려고 설계되었지만
건축 기간 10여 년 동안에 조선은 일본과 강제합병되었고
고종은 주로 함녕전을 집무실로 사용했다.
접견실로 사용하였던 석조전은 현재 대한제국 역사관으로 쓰이고 있다.

대한문을 들어선다.
성종의 친형인 월산대군의 사저였던 경운궁은
임진왜란 때 선조가 임시 거처로 쓰면서 궁이 되었고,

광해군이 이곳에서 즉위한 뒤 창덕궁으로 옮겨 가면서
경운궁이라는 궁호를 내렸다고 한다.
고종은 조선을 대한제국으로 높이면서
대한제국의 본궁을 경운궁으로 정하고
중화전, 함녕전 등 중심 건물을 짓는다.
환구단을 지어 하늘에 제사하고
황제로 등극하여 대한제국이 출범한다.
아울러 시해된 왕비를 황후로 추존하여 2년 만에 국장을 치른다.

대한제국의 본궁인 경운궁에는
일본에 저항하며 대한제국을 세계에 알리려던
고종의 의지와 고뇌가 운행하고 있었다.
경운궁을 덕수궁이라 부르기 시작한 것은 순종이었다.
고종의 만수무강을 비는 의미를 담아 궁호를 변경했다.
고종황제의 역사의 숲에서
황제가 음악과 커피를 즐겼다는 정광헌을 만난다.
동서양의 건축양식이 조화를 이룬
우리의 소중한 문화재라는 해설을 마음에 담는다.
항아리에서 찬물로 오랜 시간 우려내는 고종황제의 커피를
한때 인사동에서 볼 수 있었다.
지금은 콜드브루(Cold Brew)에 밀려 인기가 시들해지고 이름만 남았지만

커피를 사랑했던 고종황제의 커피라는 브랜드에 호기심이 생겨
인사동 그 카페의 단골손님이 되었다.
우리나라가 세계적인 커피 소비 국가가 된 것은
혹시 고종황제로부터인가?

궁을 나오는 길, 노란 은행잎이 깔린 길에
가을 해에 길어진 나무 그림자가 드리웠다.
조선의 가을과 겨울을 경영했던 덕수궁의 끝자락 돌담길을 걸었다.
서울시의 '잘생겼다' 프로젝트의 하나로 개방된 돌담길은 50m 정도.
북쪽 돌담 곁에는 구세군 교회, 영국 대사관, 성공회 대예배당,
수도원, 세실극장이 조붓한 골목을 만들어 놓아 궁색해진 길에
영국 대사관이 아예 문을 만들어 길을 막아버렸다.
그 문을 철거하고 길을 살렸다는 50m,
철문이 하나 더 길을 막고 있다.
다시 뒤돌아 나와야 하는 길.
또 하나의 문이 열리게 될 날을 기다리고 기다릴 것이다.

작고 슬픈 경희궁

돈의문 박물관 마을이 개관한다기에, 이름이 신기해 찾아가 보았다.

흥화문 바로 옆 동네의 허술한 집들을 말끔히 정리하여

작은 박물관들을 꾸며놓았다.

마을을 그대로 살리려는 기획이 아름다웠다.

보기 드문 결과물도 훌륭했다.

마을을 둘러보고 경희궁의 정문 흥화문을 들어섰다.

이름만 있던 경희궁에

숭정문과 숭정전, 태녕전, 자정전을 복원해 아름답게 볼 수 있었다.

어린 시절에 들은 바에 의하면 경희궁을 헐고 서울고등학교를 지었다고 했다.

아주 작은 궁이 있었나 보다 생각하고, 그렇게 믿었다.

하지만 이제야 알고 보니 경희궁은

광해군 이후 열 분의 왕이 정사를 볼 정도로 큰 궁이었다.

98개의 전각이 있었던 큰 궁은 경복궁 중수를 위해 해체되기 시작했고,

일제에 의해 헐리고 팔리고 이전되어 궁이 완전히 해체되는 지경에 이른다.

그리고 달랑 학교 하나를 만들어 놓은 것이다.

경희궁의 중심 전각인 숭정전은 일본 절의 법당으로 팔려나갔고,

지금은 동국대학교로 매각되어

정각원(正覺院)이라는 이름의 법당으로 쓰이고 있다.

흥정당은 광운사로 옮겨 다시 지어졌으며,

관사대는 민간인에 팔려 나갔다가

지금은 황학정이란 이름으로 사직공원에 옮겨져 있다.

흥화문은 이토 히로부미의 신당인 박문사의 문으로,

신라호텔의 문으로 쓰이다가 지금 자리로 돌아왔다.

흥화문은 원래 구세군회관 자리에 있었다.

밖으로 나간 궁의 전각들은 그대로 두고,

태녕전과 자정전은 2000년 경희궁으로 재건되었다고 한다.

지금의 역사박물관, 구세군회관, 대한축구협회, 서울시교육청,

기상대, 성곡미술관이 경희궁터였다.

경희궁 복원을 위해

부지를 사들이며 노력하고 있는 것은 다행한 일이다.

바라건대 비운의 경희궁이

완전하게 복원되기를 기원하고 또 기원한다.

요즘 눈물 흘리며 보는 드라마가 있다.

조선의 마지막 때를 그린 드라마가 더욱 조선을 아름답게 만든다.

"나라를 빼앗기면 되찾을 수 있지만, 내어주면 되찾을 수 없습니다."

"빼앗길지언정 절대로 내어주어선 안 됩니다."

우리는 나라를 빼앗겼고, 그래서 다시 찾을 수 있었다.
민초들이 지킨 나라, 의병이 지킨 나라, 조선이다.
조선의 마지막 때, 울음을 삼키며 울분을 내뱉는 백성이 무수했다.
짐승 취급을 받는 백정, 노비, 그의 어린 자식들은 조선이 싫어 떠난다.
전쟁에서 무참히 짓밟히는 민초들은
나라의 역적이 되겠다고 울부짖는다.
하지만 위기에 처한 나라를 지키던 의병들은
마지막 조선을 지키는 의병이 되었다.
조선이 위기에 처하자 백정의 자식이, 노비의 자식이,
의병의 자식들이 빼앗긴 나라를 되찾기 위해 목숨을 내놓았다.
조선은 백성들의 아름다운 투쟁과 죽음으로도 지켜지지 못했으나,
대한민국으로 재탄생하게 한 불꽃 같은 힘이었다.

나는 그분들이 되찾아 놓은 나라에서 재미있고 즐겁게 공부했고,
일했고, 지금은 서울의 깊은 역사의 숲, 문화의 숲에서 여유롭다.
경희궁을 보면서 어린 시절 울분의 애국심이 우러나와
5대 궁을 돌며, 종묘를 돌며, 깊은 우리의 역사의 숲을 깨닫고,
문화의 숲을 사랑해본다.
애민이 근본인 나라, 민본이 근본인 나라 아름다운 이름 조선.
약하디약한 백성이 지켜온 나라 대한민국이 더 아름답기를!

종묘 그 오묘한 문화

돈화문 앞에서 종묘의 담장이 보인다.
경운궁 돌담길에 비해 운치는 적지만, 종묘의 담장길이 서순라길이다.
종로에서 시작해 창덕궁의 돈화문 앞까지 걸어본 적이 있다.
로마에서 공부했다는 어느 보석 디자이너가
로마 어디를 가도 이렇게 아름다운 골목을 볼 수 없다고 했던 말이 생각난다.
다른 눈으로 보면 세상 어디에 내어놔도 손색없이 아름다운 이 골목이
보석 디자이너들의 골목이 되면 잘 어울리겠다는 생각을 하면서
아름다운 담장만 보며 걸었던 길이다.
오늘은 종묘가 끌린다.

종묘 앞마당엔 구절초가 가득 피어 가을빛을 감당하고 있다.
종묘는 반드시 해설자와 함께하도록 되어 있다.
그리고 경건한 마음으로 참여할 것을 요청한다. 당연한 말씀이다.
왕들의 신위를 모신 건물이 세계문화재로 등재되어 있고,
일 년에 두 차례 지내는 제례 과정 역시 세계무형문화재로 등재되어 있는
자랑의 숲이며 역사의 숲이다.
왕조가 사라진 지금, 제례를 지내는 제주는 누구일까 궁금했는데,

생존하고 있는 왕가의 장손이 제주가 된다고 한다.

그분들이 영원히 조선왕조의 상징으로 남아있기를 기원해본다.

아늑한 정원에는 연못이 있다.

연못 안 작은 섬에 향나무 한 그루가 있다.

궁의 연못 섬에는 소나무 한 그루를 심었는데,

종묘 연못에 향나무를 심은 것은 '향(香)'을 상징하는 것이란다.

인간은 상징적 존재라고도 하는데,

어느 민족이건 왕을 상징하는 문양을 비롯하여 거대한 건축물을 세운다.

아울러 신을 위한 상징적 그림과 위대한 건축물을 올린다.

이렇게 남은 것들이 인류의 위대한 문화적 가치이자 자랑이 되고 있다.

태조 때 육룡[4]을 위해 지은 종묘는 시간이 흐르면서 증축되었고,

국왕과 왕후의 신위를 모신 유교적 사당이 되었다.

중국에서 시작된 종묘제도는 우리나라와 베트남에서 받아들였다.

하지만 지금까지 제례를 지내며

종묘의 가치를 지키는 나라는 우리나라뿐이다.

---

4. 육룡: 조선 태조(太祖)의 고조인 목조(穆祖)로부터 익조(翼祖)·도조(度祖)·환조(桓祖)·태조(太祖)·태종(太宗)까지의 6대를 높이어 이르는 말.

사회주의 국가 중국과 베트남에서는
제사를 비과학적인 귀신 이야기로 치부하며 단호하게 버렸을 것이다.
'상징적 인간'이 누릴 문화적 가치를 상실하고
각박하게 사는 삶의 방식이 영원함을 누릴 수 있을까.
나는 지금 내가 누리고 있는 역사의 숲이 좋다.

제례를 지내기 위해 정전으로 가는 길 중앙에는 신도가 있다.
제주인 왕도 그 길을 밟지 못했다고 한다.
물론 우리도 신도를 밟지 않도록 주의하고 있다.
조선왕조의 상징인 종묘를 경건하게 지키기 위해 유네스코도 나서고 있다.
나도 오늘 하루를 경건하게 지낸다.

종묘를 나서면 길 건너편에 다시 세운 세운상가가 맞이한다.
세운상가를 다시 복원하면서 파낸 지하에 조선시대의 유적이 있었다.
어디를 파내든 남겨진 조상의 유적들.
세운상가에서 발견된 유적도 유리로 덮어 보존하며 시민들에게 보여주고 있다.
엘리베이터 탑을 만들어 옥탑에서 시민들이
종묘와 창덕궁, 창경궁 일원을 볼 수 있도록 했다.
그리고 옥탑은 길이 되어 퇴계로 대한극장까지 인도해준다.
지금은 남산공원까지 연결할 길을 정리하고 있다고 한다.
그렇게 서울의 깊은 숲은 재생되고 있다.

문화의 숲 국립중앙박물관

내가 가장 사랑하는 숲은 중앙박물관이다.

수유역에서 지하철 4호선을 타면

환승 없이 바로 이촌역까지 갈 수 있어 좋다.

역에서 박물관까지 이르는 길이 편하고 아름다워

정년퇴임 후 나의 고급진 놀이터로 정하고 사랑하고 있다.

모자를 눌러 쓰고 안경을 쓰면

얼굴의 반이 가려져 애써 화장을 하지 않아도 된다.

여기에다 선크림은 필수.

배낭까지 메면 숲을 찾는 나의 패션이 완성되고 마음은 설렘으로 꽉 찬다.

우선 내가 좋아하는 상설관으로 들어서면

복도 끝에 경천사 석탑이 있고 그 뒤로 경천사탑 식당이 있다.

항상 아침식사가 가볍기 때문에 배를 우선 채우고

전시관을 2~3관 정도 돌아본다.

요즘은 박물관 기념품 상점에서의 쇼핑도 재미있다.

민화가 그려진 머플러, 문화재가 문양이 된 가방, 책…

마치 관광객인 양 들떠서

한국의 아름다움이 새겨진 물건들에 욕심을 낸다.
예쁘니까, 좋으니까 사랑하니까!

어수선한 특별전보다 상설 전시장이 좋다.
특히 기증관의 문화재는 '마음'의 모음이다.
개인이 마음에 드는 문화재를 모은 것이기 때문인지
그의 마음이 내 마음인 듯 저절로 따뜻해진다.

박물관에서 운영하는 여러 가지 프로그램 또한 훌륭하다.
토요일마다 열리던 강좌는 인기가 있어 매주 성황을 이루었다.
모든 프로그램이 좋았지만 특히 그중에서도
1283년 만에 프랑스에서 귀향하여 전시되었던
『왕오천축국전』[5] 관련 학술회는
그 내용으로나 그 과정 모두 위대했다.
우리 문화재지만 우리 소유가 아닌 『왕오천축국전』.
둔황의 막고굴에 보관되어 있던 것을
프랑스 학자 펠리오가 헐값에 샀고,
그것을 프랑스에서 보관하고 있으므로
한국의 것도 중국의 것도 아닌 프랑스 소유라는 것이다.

---

5. 『왕오천축국전』: 신라의 승려 혜초가 당나라에 유학하면서 고대 인도의 5천축국을 답사하고 쓴 여행기.

알면 좋고 기쁘기도 하지만 분노와 슬픔이 동반하기도 한다.

'신안 유물 전시회'도 기억에 남는다.
원나라에서 일본으로 가던 도자기 상선이 풍랑을 만나
신안 앞바다에 빠져 수백 년을 잠자다 발견되었다.
이렇게 발견된 문화재는 그 나라의 소유가 된다.
귀족이나 왕족을 위한 아름답고 귀한 도자기는 물론
서민의 밥상에 오를 종지에 이르기까지
쓸모있는 그릇들의 수량도 놀랍고 작품성도 놀라웠다.

여기저기 선생님 한 분과 초등학생들이 모여 앉아
역사 공부를 하면서 토론하는 모습이 참 좋아 보인다.
다음 방학에는 내 손주도 어린이 박물관 프르그램에 참여시켜야겠다.

동대문역사문화공원

우주정거장에서나 볼 수 있을 것 같은 모습의 건축물이
옛 동대문운동장 자리에 세워져 있다.
이처럼 독특한 동대문역사문화공원을 아니 둘러볼 수는 없을 터.
우선 겉모습을 한번 둘러본다.
공사를 위해 땅을 파면 드러나는 유물들은 여기서도 예외가 아니다.
문화공원 한쪽에 작은 박물관을 조성해 전시해놓았다.

'간송문화대전(澗松文華大展)'이 열리고 있었다.
간송은, 나에게는 항상 감동 그 자체다.
간송은 봄·가을의 기획 전시회로
그의 박물관에 소장하고 있는 문화재를 아낌없이 보여준다.
나는 그 전시회의 도록을 세 권이나 가지고 있다.
3년에 걸쳐 다섯 번의 전시회를 할 정도로 많은
간송박물관의 문화재를 내 나름으로 다 둘러본 셈이다.

청년 간송이 집안의 엄청난 재산에 놀랐다는 이야기는 유명하다.
외국으로 유출되는 문화재를 사들이는데 그 많은 재산을 다 써버리고 자식들에게는 빚을 남기고 돌아가셨다는 이야기 또한 유명하다.

간송은 훈민정음 해례본이
일본사람의 손에 단돈 1,000원에 넘어가는 것을 막기 위해
그 가격의 열 배인 1만 원에 사들인다.
당시 가치로 큰 기와집 10채 값이란다.
국보 제68호인 '청자상감운학문매병'은
기와집 20채 값을 치르고 지켜냈다.
한편으로는 국보 제135호 '혜원전신첩(蕙園傳神帖)' 등
이미 반출되어 있는 문화재를 사들이기도 했다.
그 모든 실체를 볼 수 있었던 이번 전시회에 나는 감격했다.

그렇게 노력하는 이들이 있었지만
우리 문화재 18만여 점이 해외에 나갔고 그중 7만 점은 일본에 있다.
이토 히로부미는 아예 도굴꾼이었다고 한다.
우리는 있는지 없는지 존재조차 몰랐던 대가야 고분군을
일본 도굴 부대가 이미 파낸 후에 우리가 알게 되었다는 것이다.

      1부 '간송 전형필' – 간송이야기, 길을 열다. 지켜내다. 찾아오다
      2부 '보화각'
      3부 '진경산수화'

4부 '매, 난, 국, 죽_선비의 향기'
5부 '화훼영모: 자연을 품다'

이와 같은 기획으로 간송문화대전(澗松文華大展)은
3년여 동안 다섯 차례에 걸쳐 진행되었다.
나는 첫 번째 전시회 관람에서 '훈민정음 해례본'을 보았다.
전형필은 일본의 민족말살정책이 극에 달한 1940년에
훈민정음 원본을 입수했다.
그리고 이를 잘 보존하여 해방 이후에 세상에 내놓았다.
글자가 만들어진 원리가 밝혀진 그리고 창시자가 알려진 유일한 글자로서
한글의 우수성이 세계적으로 알려질 수 있게 했다는 훈민정음 해례본을
우리도 읽어볼 수 있게 영인본을 만들고,
어린이를 위한 체험 학습 자료로 만들어 놓았다.
동대문역사문화공원은,
간송이 지켜온 문화재 전체를 체험할 수 있었던 것으로 충분했다.
간송미술문화재단이 기획한 '간송문화대전(澗松文華大展)'은
속 깊은 문화의 숲이었고, 뜻깊은 역사의 숲이었다.

한양도성

이화여대 병원이 옮겨간 자리에 한양도성 공원과 박물관이 만들어졌다.
2011년 서울성곽은 한양도성이라 명칭하고
역사와 문화의 숲으로 재구성되었다.
여기서부터 시작된 낙산구간의 성곽을 혜화문까지 혼자 걸었다.
혼자 놀기 좋아하는 나의 놀이 중 수작(秀作)으로 손꼽아본다.

이렇게 혼자 놀이를 할 때는 친구들의 재미있는 수다가 없어도 좋다.
돌 틈에서 자라는 들풀이나 이끼의 두런거리는 소리를 들으며,
신비로운 빛깔로 한껏 모양낸 꽃들을 사진 찍으며 걷고 또 걷는다.
하늘 가슴을 찌른 듯 높이 솟은 성곽을 보며
누가 만든 사다리로도 올라탈 수 없을 늠름함에 얼굴 가득 웃음을 채운다.
어떤 도구로도 무너뜨릴 수 없었을 든든함에
백성의 평온한 마음도 되어본다.

도성 낙산 구간이 두런두런 이야기한다.
도성은 임금이 사는 성을 의미한다.
유럽의 왕이나 왕족이 사는 성 'Cstle'과 구별되는

우리의 성 'City Wall'은
백성과 왕이 아울러 사는 곳이며, 백성을 보호하는 성이다.
정도전은 석성을 축성하는 일까지 챙겼다.
그 시대엔 돌로 성을 쌓는 것이 문명국의 자랑이었다.
한양도성의 총길이가 18.627km라는데,
연인원 50만 명이 동원된 이 거대한 성을 축성하는데 단 98일이 걸렸다.
성 전체를 182m씩 97구간으로 나누었고,
구역마다 책임자와 백성들을 정해주었다.
맡겨진 구간의 일을 책임지고 정진하여 이루어낸 쾌거라는
믿기 어려운 사실이 환상인 듯 아련하다.
600년이 지난 지금까지 믿음직스럽게 우뚝 서서
아름다운 역사와 문화의 숲으로 자리매김하고 있는 한양도성이다.
아마도 TV에서 들었던 이야기 소리가 되새김질하여 들리는 게지.

사직단을 지어 하늘에 제사하고
종묘를 지어 조상에 제사하며
궁궐을 지어 왕조의 단단함을 드러내고
성곽을 건설하여 백성을 지키는 완벽한 나라.
그 기틀을 잡은 정도전의 애민 철학은
이성계를 사로잡을 만한 근본이었다.
아름다운 조선이라 불릴 만하다는 생각에 사로잡힌다.

정도전, 그는 나의 스타이며 나는 그의 팬이 된다.
나라의 근본을 알아 나라를 세운 정도전
우리의 글을 만든 세종대왕
추사체의 주인 김정희
훈민정음 해례본을 지켜낸 간송
젊은 천재 작가 조승연
그리고 아름다운 뮤지션인 헨리.
모두 나의 스타들이다.
훌륭하고 아름다운 스타들을 가슴에 품고 사는 삶이
얼마나 풍요로운지 나는 잘 알고 있다.
조선의 5대 궁궐, 종묘, 박물관, 문화재, 역사, 음악당, 책, 자연, 꽃
그리고 숲속의 물소리….
이 모든 것이 나의 스타여서
지금도 정신없이 행복하게 살아가고 있는 것인지 모른다.

꽃 담器 10 높이 15cm, 길이 25cm

꽃 담器 12 지름 10cm, 높이 38cm

접시 2

접시 4 지름 27cm, 25cm

투각 바리에이션 5 20 ~ 35cm

투각 바리에이션 14 높이 32cm

투각 바리에이션 6 높이 55cm

투각 바리에이션 6 높이 55cm

5부
소소한 이야기

작품을 만들다 보면 마음에 흡족한 작품보다 아쉬운 작품이 더 많다.
옛 작가들은 아쉬운 작품을 파쇄해 버렸다고 한다.
그래서 파쇄장이 따로 있었다고도 한다.

나는 여유를 갖기로 했다. 못난이들일수록 할 얘기가 더 많다.
오히려 그들과의 대화가 더 알뜰하다.

달 닮器 1 32cm X 32cm

도예공부

접시 지름 32cm

귀가 순해진다는 나이에
'인생은 60부터'라는 말이
귀에 쏙 들어왔다.
새 인생이 시작되는 예순에
뭔가를 시작해도 될 것 같았다.
그래서 시작한 도예공부,
한 10년 공부해보자 마음먹었다.

평생 하던 일을 마무리하면서
마음에 드는 재미있는 일을 연이어 했기 때문에
공허함을 모르고 15년이 훌쩍 지났다.

볼품없는 흙으로 그릇을 빚으면
내 손에 보석빛 그릇으로 잡히는 신비함이
나의 삶을 지배한다.

어느새 흙으로 인생을 즐기면서 살아가는 나를 발견한다.

글 쓰는 일, 어려서부터 그냥 내내 하고 있다.
예쁜 내 아기들 사진 찍어 주는 일을 시작으로
50여 년, 예쁜 것을 보면 사진으로 남긴다.

도예, 글쓰기, 사진 찍기….
나의 즐거움이다.

추사체

가로 24cm, 높이 21cm

꽃보다 고운 추사체를 그릇에 넣고 싶었다.
강한 힘이 그은 세로 획이 감동적인
추사의 글씨가 좋다.
추사는 오늘날의 아이돌 이상으로
중국과 일본에서 인기가 많았다고 하는데,
그의 학문과 서예 덕분이라고 한다.
특히 일본의 후지쓰카 교수의 추사 사랑은 누구도 흉내낼 수 없을 정도이다.
추사에 관한 자료라면 모두 찾아내려 노력했다.
그 유명한 '세한도'를 찾아낸 이도 후지쓰카라고 한다.
그가 보유하고 있던 수많은 자료는 과천 추사기념관에 기증했다고 한다.
나도 추사의 서체 때문에 그의 팬이 되었다.

인터넷을 뒤지고 뒤져 찾아낸 내 마음 같은 글,
게다가 딱 여섯 글자인 것이 마음에 들었다.
여섯 글자가 추사체로 나의 그릇에 남아있는 것은
그 과정 자체로 기쁨이다.
그릇을 완성할 때까지 너무 많이 만져서 상처도 많지만

나는 가장 값지다 여기며 아낀다.
추사의 글씨체 端硏 竹爐 詩屋은 그릇에 그대로 남아있다.

꽃보다 곱던 선비의 마음은
단계 벼루와
차를 끓일 수 있는 대나무 화로와
시를 쓸 수 있는 집 한 채면
삶이 족하다고 노래하고 있다.

종이학

화병 높이 30cm

도자기에 동화를 쓴다.

화병에 꽃 이야기를 쓰고
화병 위로 학을 날리는 동화는
아이들의 색채를 향해 있다.

우리집에서 내려다보이는 숭미초등학교는 항상 곱다.
학교 운동장에서 뛰노는 아이들 소리는 학이 되어 날아오르고
나무가 되어 푸르고 구름이 되어 하늘에 꿈을 그린다.

떠오르는 해님 소리가 눈부신 곳에서
아이들이 나래 펴고 내닫는 소리에 미래가 보인다.

나 또한 나래를 펴고 다시 한번 한껏 날겠다고 다짐해본다.
도자기에 동화를 쓰며 아이들의 꿈에 손 흔들어주고
아침이 햇살로 가득 차 있는 운동장에 부는 바람에
종이학을 날려본다.

까치밥

내가 만든 그릇 가운데 유일하게
제목을 붙인 화병이다.
작은 화병에 네 그루의
감나무를 그려보았다.
동그란 감은 투각을 했다.
투명한 홍색 감이
너그럽게 열려있는 나무에서
'까치밥'이란 매력적인 단어를 찾아내었다.
잘 익은 감이 예뻐서이기도 하지만
감에 얽힌 이야기 때문에 가슴에 조용한 물결이 일고 있다.

　　　　"반중 조홍감이 고와도 보이나다.
　　　　유자이 아니라도 품은즉 하다마는
　　　　품어 가 반길 이 없으니 글로 설워하노라."

어렸을 때 외운 것을 기억하는 그대로 적어보았다.
작가의 효성이 담긴 감 이야기는

세월이 흘러도 잊히지 않는다.

늦은 가을 시골길에서 만나는 감나무에는
효성 이상의 지극함이 숨어있다.
나무 꼭대기에 남은 몇 개의 감은 까치를 위해 남겨둔 '까치밥'이다.
너무 높아서 따지 못한 것이 아니라 까치를 위해 남긴 것이다.
이 애틋하고 감동적인 이야기를 도자기 그릇에 남기고 싶어
감나무를 그리고, 감을 투각 문양으로 만들고,
비색 청자로 아름다움을 보탠 꽤 오래된 화병이다.

약장 위의 귀여운 화병은
꽃을 꽂으려는 의도보다는 장식품으로 놓고 보고 싶었다.

벌개미취 꽃문양

지난 10여 년간 캔들 홀더와
벌개미취 꽃과 사랑에 빠져 살았다.
나의 짝사랑이었다.
과거가 아니고
지금도 계속되고 있는 이 현상은
거의 스토커 수준이 아닌가 싶다.

벌개미취 꽃 투각은 가장 예쁜 문양으로 내 마음에 있다.
새어 나오는 불빛의 모양도
벽에 비치는 꽃그림자도 나를 꿈꾸는 동심으로 안내한다.

대형 작품도 만들었다.
역시 벌개미취 꽃 43개를 투각한 작품에
제목을 '꽃길'이라고 붙여주었다.
이만한 크기는 촛불로는 커버가 안 되고 전구를 넣어야 한다.
전기스탠드가 되는 것이다.

불을 끄고, 플래시도 끈 채 찍은 사진이 주는
또 다른 감동을 즐긴다.
올 크리스마스에는 꼬마전구가 달린 전기선을 준비했다.
원래 크리스마스 트리에 걸기 위한 용도인데
여러 가지 빛깔이 깜빡이는 화려한 선을 트리에 걸지 않고
스탠드 속에 넣어 화려한 밤을 즐겼다.

강아지

사소한 것,
그러면서 예쁘거나 귀여운 것에
마음을 다 내놓는다.
나는 이 나이에도
그 버릇을 고치지 못하고 있다.
며칠 전 화장품 가게에서 본
디퓨저에 마음이 꽂혀 아른아른 눈에 밟힌다.
언젠가는 내 손에 와 있을 디퓨저의 리드스틱 끝에 달린
연꽃 조각 때문에 마음이 안달인 게다.

그 사소한 것 중의 하나인 강아지풀,
어린 시절부터 참 오랫동안 예뻐했던 강아지풀을
올여름엔 독차지하기로 했다.
나의 첫 도자기 작품인 화병에 강아지풀을 듬뿍 심었다.
화병에 뿌리를 가득 내린 강아지들이 귀엽게 잘 자란다.

아무리 사소한 것이라도 마음을 담으면 귀티가 난다.

사소한 것에 마음을 거는 버릇이
내 삶을 재미와 여유로 이끌어준다.

늦가을에 노랗게 늙어버린 강아지들도 귀엽다.
겨우내 그 색으로 우리 집 베란다를 귀엽게 꾸며주었다.

우연의 아름다움

전체 높이 25cm

집이 조용한 날은 마음도 적막하다.
모든 촛대에 불을 켠다.
하늘하늘 흔들리는 촛불 따라
그림자도 흔들리는 재미로 이 작업을 한다.

오늘은 카메라까지 준비했다.
야무지게 핀 꽃 그림자들 때문에,
요샛말로 심장이 '쿵' 했다.
심쿵!

항상 아름다운 것을 추구하지만
기대 이상의 결과물을 얻을 때가 간혹 있다.
조형미를 뛰어넘는 우연의 아름다움.
이 캔들 홀더의 사진이 그렇다.

연꽃

30cm X 25cm

연꽃이 연밥을 입에 물고 있다.
대형 화병인데,
화병 바닥에 금이 가서 화분이 된 작품이다.
옛 도예가들은 조금의 흠도 용납치 않고
다 깨어 버렸다는데,
그래서 전문적으로 그릇을 깨는
파기장이 있었다는데 난 여유를 갖기로 했다.
화병이 안 되면 화분으로 하면 되고, 못난 접시는 화분 받침으로 하면 되는 것.
던아한 연꽃을 내 것으로 만들고 싶어 수련이라도 길러보려 애썼시만
실패를 거듭하면서 포기를 한 상태이다.
연꽃에 대한 미련은 계속되었는지 도자기에 넣자는 생각을 했다.
우리나라 전통 문양집에서 얻어낸 그림은 커다란 작품을 요구했다.

많은 덕을 지닌 꽃,
베트남에서는 초여름에 활짝 핀 연꽃봉오리에 녹차를 담아 묶어둔다.
그러면 차에 연꽃향이 배면서 숙성이 되어 연꽃차가 된다고 한다.
아직 가보지 못한 베트남, 연꽃차를 마셔보고 싶어 베트남 여행을 해야 할 것 같다.

십자가

도자기로 십자가를 만들어보라는
제의를 받곤 했다.
십자가는 쉽게 만들기 어려운
신앙적 테마라 딱히 만들려고 하지 않았다.
수년 동안을 고뇌했지만,
내가 거부할 수 없는 작업이기도 했다.
만들지 않겠다는 마음이 단호할 때도 십자가를 만들 구상은 쉬지 않았다.

마침 좋은 생각이 떠올라 만든 내 십자가다.
다른 이들이 만드는 십자가는 고난의 표상인데
나는 반드시 꽃, 나비, 새, 식물이 있는 예쁜 십자가이기를 고집한다.
왜냐고 묻는 이들이 있다.

예수님의 십자가 고난의 은혜로
꽃처럼 살고 있는 우리들을 표현하고 싶었기 때문이다.
예수님 덕분에 우리는
행복하게 살아야 할 소명이 있음을 알기에…

비누 그릇

북촌에 한옥을 구입한 딸이 이사를 했다.
처음으로 딸이 요청한 그릇이
비누와 칫솔 그릇이다.
투각에 재미를 붙여 그릇을 만드는 때였는데,
여름에 피는 연보랏빛 벌개미취 꽃이
문양의 주인공이다.
참으로 마음에 드는 꽃이다.

그즈음 '여름향기'라는 드라마를 방영했는데
벌개미취 꽃동산에서 아름다운 남녀 주인공이 거니는 장면이 있다.
배우와 벌개미취 꽃무리의 고움이 인상적으로 닮아서
쿵 하고 내려앉은 심장이 올라붙질 않았다.
결국 혼자 운전을 해서 진부에 다녀오고 말았다.
주인공 남녀 배우와 똑같이 예뻤던 꽃을 보며
한가로이 꽃 연구원을 누렸다.

사람이 꽃보다 예쁜지, 꽃이 사람보다 예쁜지 가늠이 안 된 채

딸의 비누 그릇에도 어김없이 그 꽃으로 투각을 했다.

물 빠짐이 중요한 그릇이니 투각을 했지만,

예쁜 한옥에서 꽃처럼 곱게 살아가길 기원하는 마음도 담았다.

크리스마스

결혼 전에는 어린 동생들과 함께
해마다 크리스마스트리를 만들곤 했다.
동생들은 그다지
즐거워하지 않았던 것 같다.

후에는 내 아이들을 위해 크리스마스트리를 만들었다.
내 아이들도 나만큼은 즐겁지 않은 것 같았다.
결국 동생들이나 내 아이들을 위해서라기보다
나를 위해서 크리스마스트리를 만든 셈이 되어버렸다.

내 손자들이 태어난 후에는 손자들을 위해 크리스마스트리를 만든다.
도자기 작품 '꽃길' 전기스탠드를 곁들인 크리스마스 장식은
크리스마스 시즌을 즐기기에 충분했다.

평생 한 해도 거르지 않고 아이들을 위해 만들었던 크리스마스트리는,
되짚어 보니 평생 내가 즐기기 위해 그리 했었네.

그릇을 만들면서

도예를 하면서 손주들에 대한 로망이 있었다.

무지갯빛 꼬리가 달린
물고기 모양의 접시를 만들었다.
'음식을 담아주면 좋아하겠지!'
고운 빛, 고운 문양 그릇을 만들어 과자를 담아준다.
'신나 하겠지!'
예쁜 모양의 그릇에 딸기를 담아준다.
'아이들이 무척 감동하겠지!'

하지만 로망은 나 혼자의 꿈일 뿐
아이들은 나의 그릇과 음식에 아무런 감흥이 없다.
관심과 취향이 다르다는 것을 알게 된다.
사실은 내가 만든 그릇이 산뜻하게 예쁘지 못해서다.
두껍고 무겁다.
아이들 마음은 그 마음대로 놓아두고 내 마음 따라 그릇은 계속 만든다.
꽃이 가득한 그릇도 만들어본다.

나만의 커피잔

찻잔 지름 12cm

내가 잘 가는 카페 '웰스 커피'는 인사동에 있다.

어느 날, 영락교회에서 인사동까지

운동 삼아 걸었다.

오랜만에 인사동 거리 구경도 하고 싶었고,

그곳에서 집까지 한번에 가는 버스를

탈 수 있기 때문이기도 했다.

버스를 타기 전에 커피를 한잔 마시자 싶어 들른 곳이

웰스 커피(Well's Coffee)이다.

벨지움 풍의 건물과 앤티크한 인테리어, 커피와 샌드위치도 훌륭하다.

처음으로 에스프레소를 맛있게 마시도록 해주었고, 아포가토를 알게 해주었고,

피로한 얼굴로 카페에 들어서면

피로를 풀어줄 따끈한 대추차를 마련해 노인을 거두어주는 곳이다.

사장님 부부의 따뜻함이 노인 손님들이 찾아들게 한다.

내가 도자기 공부를 한다는 것을 알게 된 부사장이

나만의 커피잔을 만들어 그곳에 비치해놓자는 제의를 한다.

너무나 다정한 제의가 고맙다.

덕분에 그곳에서는 내가 만든 나만의 찻잔으로 대접을 받는다.

딸기 그릇

지름 23cm

어느 도예작가의 도록에서
장미꽃 투각을 한 '딸기 그릇'이 눈에 띄었다.
그걸 그대로 만들어보았다.
마음을 빼앗긴 신비의 세계였다.
그릇에 구멍을 뚫다니….
그러나 타당했다.
깨끗이 씻은 딸기의 물기가 흘러나가도록
구멍을 내주는 것이다.

신비의 세계 속으로 들어가 본다.
나의 그릇엔 벌개미취 꽃을 투각했다.
계속해서 만든 상추 그릇, 과일 그릇, 과자 그릇들….
장미꽃도, 한 그루의 나무도 투각하는 재미에 빠져든다.

흙으로 빚어 만드는 나의 새로운 세계가 넓어지고 그 일이 흡족하다 여겨진다.
더 오랫동안 이 일을 하고 싶다.
어느새 투각은 그릇을 위한 나의 문양이 되었다.

이화(梨花) 도판

20cm X 10cm

이화여대 정문 담장에
도자기 배꽃이 가득 피었다.
'이화에 월백하니~'
갑자기 떠오르는 시 구절.
'배꽃에 달빛이 내리면~'을 노래한 시인은
눈이 시리게 하얀 빛깔을,
나는 도자기 배꽃의 차가운 느낌을 본다.
가히 장안의 명물이라 할 수 있겠다.

우리나라 여인들에 앞서서
중국 여인들이 먼저 차가운 배꽃 담장에 전설을 만들어놓았다.
도자기 배꽃 가득한 담장 앞에서 사진을 찍으면
부자가 된다는 이야기를….

나도 배꽃을 만들고 싶었다.
더 많은 꽃을 만들고 싶었지만 흙의 성질이 허락하지 않는다.
흙으로 판을 만들고, 젖은 상태에서 꽃을 붙여보았다.

꽃의 무게를 감당하지 못하는 판이 실패를 맛보게 한다.

백자 흙은 원래 예민하고 잘 깨지니 그러려니 하면서도 서운하다.

백자로 배꽃을 만든 건 격에 맞았던 것 같다.

벽걸이 한 쌍을 만들었지만

무게 때문에 벽에 걸지 못하고 세워놓았다.

뒷면은 검정색으로 구색을 맞추어, 전설을 꿈꾸어본다.

백조 접시

길이 32cm

오리는 부리가 귀엽다.
두툼한 부리로
무슨 이야기를 하고 싶은 건지
주절거리는 소리가 크기도 하다.
그 입으로 먹는 모습 또한 귀엽고,
뒤뚱거리는 걸음도 유쾌하다.
원래 오리가 장식된 그릇을 좋아했다.
머리에서 꼬리까지 표현된 이 접시는 나에게 참 따뜻하다.

공방에서 같이 공부하는 회원이 나무로 조각한 작품을 보는 순간
그대로 반해버렸다.
오리의 머리에서 꼬리까지 품은 나무오리 접시를 보는 순간
그동안 보아오던 오리를 주제로 한 작품 중 최고라는 생각을 한다.
만들어 보고 싶다는 마음이 들었다.
작가님의 허락을 받아 오리 접시 한 쌍을 만들었다.

아침 식사를 오렌지 한 개와 물 한 컵을 먹어야 한다는 날,

맛없는 식사를 이왕이면 재미있게 먹자.
오렌지를 썰어서 내 사랑 오리와 첫 대면을 한다.

어느 날 나의 오리 접시를 본 조카가
'백조 접시'라고 이름을 불러준 후.
오리 접시는 백조 접시가 되었다.

풍경소리

친구들과 법주사로 여행을 갔던 날은
맑은 하늘과 서늘한 바람과
물들어가는 숲이
초가을의 문을 활짝 열어주었다.
청정한 공기와 거울 같은 하늘에 반사되는
친구들의 웃음소리는 청량하고
어린 시절의 그것보다 더 밝다.

종 길이 8cm

법주사 경내에 들어서자 사진 찍기에 바쁜 친구들,
오늘 우리 사진의 최대 모델은 팔상전과 70대 여인들의 웃음소리다.
친구들의 웃음소리가 바람이 되었는지
갑자기 풍경소리가 자지러진다.
팔상전 처마 끝에 달린 풍경 20여 개가 모두 흔들려 나오는 소리!
휴대폰에 녹음을 시작했다.
바람이 연주하는 풍경소리는 새롭고 기쁜 하루의 선물,
나에게 또 꿈을 꾸게 한다.

집에서도 풍경소리가 들린다면 매일이 선물이겠다.
도자기로 풍경 11개를 만들고,
새소리도 듣고 싶어 만들어 매달고,
바람에 더 잘 흔들렸으면 싶어
하트도 주렁주렁 달아놓았다.

베란다에 매달아 놓은 풍경은
창문으로 들어오는 바람으로는 흔들어지지 않는 무거운 도자기들.
수고했지만 풍경소리는 들리지 않는다.

나의 풍경소리를 눈으로 보면서
팔상전의 풍경소리를 매일 듣는다.

접시 이야기

도예를 처음 시작하면서
흙가래를 쌓아 올려 그릇을 만드는
성형 방법을 배웠다.
흙으로 가래를 만드는 것도 처음엔
쉬운 일이 아니었고,
쌓아 올리면서 매끈하게
그릇 형태를 잡는 일도 어려웠다.
쌓아 올릴수록 딴 방향으로 가거나,
그릇 형태가 망가지는 것은 다반사였다.
될 때까지 하리라.
나의 그릇은 흙가래 쌓기를 완성하는 것.
10여 년이 걸려서야 처음 계획한 그릇의 형태를
끝까지 잡을 수 있게 되었다.

근래에 와서는 새로운 구성을 하고 싶어진다.
밀대로 밀어서 대형 접시를 만들어보고,
두께 1cm의 접시에 굽도 달지 않고

문양은 투각으로 멋을 부려본다.
그릇 같지 않은 그릇이 멋지다는 생각을 한다.
누구도 시도하지 않는 나만의 그릇이다.

투각 꽃문양이 하은이, 하성이를 닮아 귀엽다.

나의 십자가 작업도 밀대로 판을 만드는 방법으로 시도했다.
마음에 좋았다.

접시

정사각형의 접시를 만들면서

멋진 문양을 넣고 싶었다.

밀대로 밀어서 판을 만들고 굽도 만들었다.

선생님의 문양 파일에서

빌려온 그림으로 상감을 했다.

다 만들어진 접시는 멋졌으나

두 가지 문제가 있었다.

첫째는, 굽는 과정에서 한쪽 귀퉁이가 균형을 잃어

접시로 사용하기 어려운 못난이가 되어버린 것이다.

버리기는 아까워 다른 사각 접시들과 항상 같이 있게 두었다.

두 번째 문제는 문양이 너무 강렬해서

음식을 담아내면 지저분한 느낌을 갖게 될 것 같다는 것이다.

그런 이유로 몇 해 동안 접시들 맨 아래에 눌려서 지내고 있었다.

이사를 하면서 이것저것 정리를 하다가

강렬 문양 접시를 스탠드에 올려놓아 보았다. 그럴싸했다. 멋졌다.

자기 자리를 찾은 못난이 접시가 안정적으로 우리 전통 2층장과 잘 어우러져 있다.

강렬한 문양은 다행스럽게도 선명한 문양으로 바뀌어 사랑스럽다.

해바라기 문양

높이 22cm, 28cm

해바라기 문양은 그리기가 수월해서
화병과 접시에 많이 그렸었다.
해를 그리워하며
해만 바라본다는 해바라기 꽃이
어린 시절엔 신비로웠다.

옆집 담장 위로 달덩이처럼 커다란 얼굴이 보일 때는
여름방학 무렵이었다.
엄마의 심부름으로 옆집에 가는 날은
꼭 해바라기 옆에서 키 재기를 했었다.
머리를 한껏 뒤로 젖히고 고개가 아플 때까지 올려다보았지만
해를 따라 움직이는 꽃의 얼굴을 확인할 길이 없었다.
'해바라기 꽃도 나처럼 고개를 젖히고
하루 종일 해를 보려면 고개가 아프겠구나.'
어린 마음의 슬픔이었다.

개학 후 등하굣길에서 만난 해바라기는 모습이 달라졌다.

겸손하게 고개를 숙인 채 나를 내려다보며 빙그레 웃는다.
꽃잎에 힘이 없어 보이면서 갈색 씨앗이
신기하게도 기하학적 문양을 그리며
더할 수 없는 질서 속에서 여물어 가고 있었다.
그 씨앗이 좋았다.

좀 자란 후 해바라기 꽃이 영어로 선플라워(sunflower)인 걸 알게 되었다.
꽃의 신비로움에 비해 이름이 너무 건조하고 단순하다는 생각을 하며
우리말의 시성(詩性)에 거만한 웃음을 짓는다.
개밥바라기, 해바라기…
'바라기'라는 말이 꽃보다 더 향기로웠다.

사각 그릇

물레를 돌리면 자연스럽게
둥근 그릇이 만들어진다.
그럼에도 나는 왜 자연스럽지 못한
네모 그릇 만들기를 좋아했는지…
각진 직선이
지적인 매력을 준다는 생각을 한다.
흙가래를 쌓아 올리며 진지하게 만든 지적인 그릇에
감성적인 노끈 손잡이를 만들어 붙이면
자잘한 물건들을 정리하고 옮기기 쉬운 그릇이 된다.
주로 화장품을 정리하는 데 쓰이는 네모 그릇은
개인적으로 좋아하지만 만들기가 어렵다.
대형 수반, 화분 등을 큼직하게 네모로 만들면 쓸모가 있다.
과일을 담아도, 과자를 담아도 좋은 두툼하고 투박한 그릇은
노끈 손잡이로 멋스러움을 살리고 실용성도 살려본다.

"어멈 그릇은 무거워."
어머니의 말씀이다.

"어머니 그릇은 너무 무거워요."
하은이 엄마의 말이다.

나도 그렇게 생각한다.
특히 지금 나이 먹어 쓰기에는 손목에 부담을 주기도 한다.
더 가볍게 만들기 어려운 작업이기 때문에
요즘은 장식용 그릇을 주로 만들게 된다.

취꽃

20cm X 22cm

장바구니 속의 취나물 몇 포기에
뿌리가 묻어 있었다.
생명이 고개를 내밀었다.

어머니께서 고운 생명 다섯 뿌리
뒤뜰에 심었다.
수년 지나고 취나물밭으로 변한 우리 집 뒤뜰에서
취나물이 '나는 나물이 아니에요' 하면서 하얀빛 팔을 벌린다.
'나는 꽃'이라고 소리친다. 가을바람이 스쳐 지나간다.

취꽃이 잔잔한 흰꽃으로 피어날 때의 환희.
아주 작은 일에 재미와 기쁨을 한껏 느끼는 가을날이 길다.

꽃병이 있어 취나물 꽃을 꽂은 것이 아니고
취나물 꽃이 있어 화병을 만들었다.

곱게 어울리는 예쁨.

오리 한 쌍

가수 헨리의 노래 중에
'나도 사랑 좀 하고 싶어'가 있다.
그 노래의 뮤직비디오에
예쁜 봄날 예쁜 남자아이가
날리는 벚꽃 잎을 잡아서
더 예쁜 여자아이의 머리에 꽂아주는
예쁜 장면이 있다.
나에게도 저런 예쁜 이야기가 있었으면 삶이 달라졌을까?
그 마음으로 만들어 본 작품이다.

지인이 오리를 만들어 달라고 주문한다.
오리 작품에 이야기를 담고 싶었다. 사랑 이야기를 담았다.

'내가 꽃을 따 줄게~' 귀여운 남자 오리가 입에 꽃잎을 따서 물고 있다.
예쁜 여자 오리는 꽃잎을 받으려고 고개를 들고 기다린다.
귀엽고 예쁜 오리 두 마리를 수반에 올려놓았다.
수반에 물을 담아 놓으면 오리들이 살아나서 둥둥 헤엄치며 놀 수 있겠지.

솟대 이야기

솟대를 형상화해 보았다.
오리를 만들어 산에서 주워온
나뭇가지에 꽂은 다음
큼직한 화병에 젖은 도예 흙을 채워서
나뭇가지를 꼿꼿이하듯 세워보았다.
쉽게 마무리할 수 있어서 흡족했다.

동향집 베란다의 아침 해가 뜨는 풍광은 우렁차다.
우리 집에선 해 뜨는 소리가 수레바퀴 소리처럼 들려서
신화 속으로 뛰어들게 한다.
풍경 장식과 콜라보로 연출하는 해맞이는 아침마다 장관이다.
솟대를 향해 기원하지 않아도
햇살 따라, 햇살만큼 복이 넘쳐날 것 같다.
지인들에게도 복을 만들어주고 싶어서
오리를 많이 만들어놓고 있다.

예쁜 꽃

높이 9cm X 너비 15cm

제주도 피난 시절,

초등학교 1학년 때의 기억이다.

우리 선생님의 복장은 흰저고리, 검정치마,

땋은 갈래머리였다.

도화지와 크레용을 서로 꾸어주고

빌리기도 하면서 미술시간을 보냈다.

나는 가시 돋힌 선인장을 보면서 튤립을 그렸다.

우리와 같이 피난살이를 하던 목사님 댁 예쁜 언니들의 책에서 본 꽃이었다.

언니들은 항상 책을 보고 있었고, 나에게 볼 만한 책을 내주기도 했다.

그때 책에서 본 넓디넓은 꽃밭 가득 줄지어 핀,

놀라울 정도로 예쁜 꽃이 인상적이었다.

그 후로 오랫동안 어린 나에게 '예쁜 꽃'은 튤립이었다.

그 예쁨에 대한 집착이 크레용만 들면 빨강·노랑 튤립을 그리게 했던 것 같다.

그림은 그리움이라는데,

미술시간에 그리움의 꽃이었던 튤립을 그리던 초등학교 1학년,

그 시절을 생각하며 온통 유치한 1학년 꽃송이를 그려보았다.

그림은 유치한데 그리움의 그릇은 따뜻하다.

흑장미

도자기에 검은빛을 내려면
산화된 철가루가 섞인 붉은 유약을 쓴다.
붉은색 유약을 발라 구우면
검은색 도자기가 나온다.
검은색 그릇이 썩 내키는 빛깔은 아니지만,
캔들 홀더에 촛불을 넣었을 때
불빛이 선명하게 빛나기를 기대하는 마음으로 그리 한다.
지금은 매력 있는 '검은색 그릇'으로 마음이 변했다.

여고 시절엔 흑장미란 단어가 주는 매력이 신비했다.
흑장미의 빛깔이 검은색이 아닌 검붉은 색임을 알았을 때.
신비함은 한층 더했었다. 장미꽃을 만들어보았다.
'나는 진짜 흑장미를 만들어볼 테다.'
꽃잎을 모아 붙이면 꽃송이가 되는 것도 신비한 과정이다.
잘 말라야 할 텐데, 잘 구워져야 할 텐데…

잘 만들어진 흑장미 한 송이를 화병에 꽂았다.

개양귀비꽃

가로 28cm, 높이 23cm

어렵게 만든 편지꽂이에

어렵게 개양귀비꽃 무늬를 넣었다.

개양귀비꽃이라는 이름을 알게 된 것은

모네의 그림 때문이었다.

그러나 그 꽃이 얼마나 예쁜지,

그림을 통해서는 알 수 없었다.

자세하게 그린 것이 아니기 때문에

꽃의 고움을 살필 수가 없었다.

몇 년 전부터 우리나라에서도 개양귀비꽃을 볼 수 있게 되면서

관심을 갖게 되었다.

양귀비꽃보다 훨씬 화려한 꽃 모양과 빛깔이 매혹적이다.

개양귀비라는 이름 때문이지 싶다.

투명한 듯 여린 꽃잎이 주황색과 흰색으로 피어나

모네의 그림보다 예쁘다.

요즘은 우리 아파트 화단에서도 피어나고 있어

올봄에 실컷 사랑해주었다.

치명적인 독을 가진 양귀비와 같은 이름의 꽃에 대한 호기심이

문양집을 뒤지게 했고
다양한 버전으로 문양화된 꽃을 편지꽂이에 넣었다.
편지꽂이도 예쁘게 한 쌍으로 잘 만들어졌고,
투명한 꽃 하얀 개양귀비도 잘 그려져 있어
나 스스로 수작(秀作)으로 여기는 그릇이다.

귀여운 씨앗주머니를 털면 까만 씨앗이
다음 봄에는 더 많은 꽃을 피우겠다는 약속을 한다.

비빔밥

지름 25cm

딸애가 점심을 사겠다기에 따라나섰다.
재미있는 양푼 비빔밥을 사주겠단다.
아마 동아리 친구들과
맛과 재미로 먹었던 비빔밥인가 보다.
어떤 음식점에서는 냄비를
일부러 불에 태우고 찌그러뜨려서
라면을 끓여 내기도 한다는데, 경험해본 적은 없다.
내 딸은 수더분한 음식을 좋아하는가 보다.

본래 '양푼이'는 음식을 담아 먹는 그릇은 아닌데
세시의 변화가 재미있다.
그 후에 채식 곡식만 하는 딸에게
밥을 비빌 때 쓰라고 줄 요량으로 푼주를 몇 개 만들었다.
밥 한두 공기 비벼 먹기 딱 좋은 크기로.

옛날엔 도자기 또는 나무로 만들어 쓰던 푼주라는 그릇을
양은으로 만들어 양푼이라는 이름이 되었다.

도자기로 푼주를 만드는 요즘
손자들에게 채소를 먹이기 위해
어머니의 비빔밥을 나도 만들고 있다.
푼주에 밥 한 공기, 깨소금, 참기름, 간장을 넣고 잘 비빈 다음
어린 채소를 넣어 섞어주면 아이들도 곧잘 먹는다.

모시조각보

어머니는 바느질을 잘하셨고, 즐겨 하셨다.

특히 모시 만지기를 좋아하셨다.

1990년대, 여인들이 모시로

적삼(윗옷)을 만들어 입는 것이 유행일 때,

나 또한 어머니께서 만들어주신

모시 적삼을 즐겨 입었다.

70대 어머니가 50대 딸의 모시옷을 짓는 모습을

짧게 글로 적어놓기도 했었다.

이후 '마지막'이라며 모시 한복 두 벌을 장만해주셨다.

한 벌은 흰색, 한 벌은 파란색 잉크로 물들인 하늘색 모시로 지으셨다.

그 옷을 딱 한 번 입어보았다.

그로 인해 무더운 여름날 모시 한복이 얼마나 가볍고 시원한 옷인지,

모시가 얼마나 신비의 옷감인지 알게 되었다.

그러나 생활 속에서는 쉽게 입어지지 않는 옷.

오랫동안 입지 않았던 모시 한복을 옷 수선집에 맡겨

적삼과 조끼로 고쳐놓았다.

80대가 되면 머리를 염색하지 않고,

여름엔 이 모시 적삼을 입으리라 생각하며
같이 입을 치마까지 준비해놓았다.
그 연유로 모시 조각이 많아졌다.
무엇으로 사용하지도 못할 것이면서 버릴 수도 없는 조각들.

전주 한옥마을로 여행했을 때 일이다.
그 집이 최명희 기념관이었는지 확실한 기억은 없는데,
평상 위의 차일이 모시조각보였던 것은 기억에 있다.
특별하게 생긴 그 차일은
모시 조각들을 다듬지 않고 생긴 그대로 꿰매 붙여 만들었다.
어떤 조각은 저고리 하나의 모양이 그대로 붙어 있었다.
추측으론 회원들에게 집에 있는 조각들을 가져오라고 하고,
자기가 가져온 조각을 꿰매보는 체험학습의 산물이 아닌가 싶었다.
그 모시 조각보 차일과 조각보 속의 저고리가 가끔 생각이 난다.

나도 체험한다는 가벼운 기분으로
가지고 있는 모시 조각들을 하나로 이어보자는 생각을 하게 된다.
조각보를 바느질하는 방법은 아니까.
버리기 아까운 모시 조각들을 다 이어 붙여
세 개의 큼직한 조각보를 만들었다.
어머니가 보셨다면 다시 만들라고 하셨을 정도로

솜씨라고 할 수 없는 거친 바느질이지만,
조각들이 다 이어 붙여져 있는 것으로 된 것이다.
내가 만든 것이고, 그걸 다 붙여놓은 끈기만 보기로 한다.

도예전시회 때 작품 받침으로 놓아 보았더니 품위 있다는 평을 들었다.
비치는 모시의 질감이 아련하다.

12월의 촛불

12월엔
겸손한 촛불을 켜려고 합니다.

1년의 삶에 채우려 했던
성실과 노력과 감사의 노래는
시작이 수려했습니다.
두 손 마주 잡은 기도는 겸손했고
주시는 사랑은 가슴으로 받아내면서 감사를 외쳤습니다.

떨리는 촛불은 곱고 바른 심성을 대변하고
되짚어보는 12월의 마음은 여리고 가난합니다.

다시 봄을 꿈꾸며
또 채워 넣을 1년의 삶을 위해

12월엔 겸손한 제사를 드리며
촛불을 켭니다.

밥 비비器 2 지름 23cm

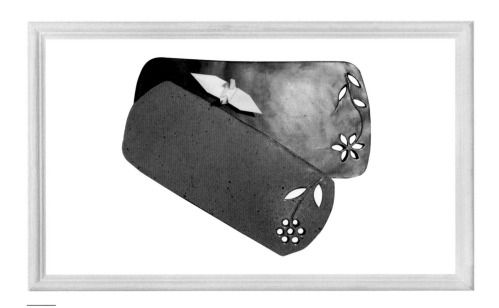

접시 5 24cm, 26cm

접시 9 30cm, 28cm, 26cm

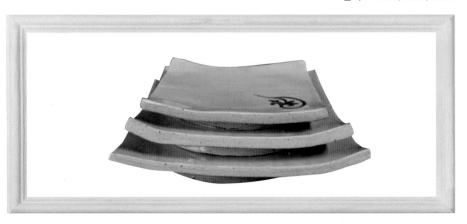

접시 10 지름 27cm

꽃 담器 1 높이 30cm

큰 담器 3 접시 지름 32cm, 푼주 지름 28cm

큰 담器 1 지름 32cm

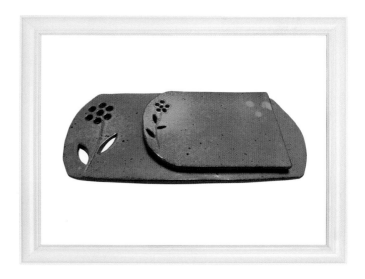

접시 8 길이 28cm, 15cm

꽃 담器 11 40cm X 30cm

비빔밥 담器 볼 17cm X 11cm, 물병 21cm

꽃 담器 9 지름 150cm, 높이 130cm

투각 바리에이션 1
높이 28cm, 24cm

p110

투각 바리에이션 2
높이 28cm

p16 p76

투각 바리에이션 3
꽃그림자

p42

투각 바리에이션 4

p8

투각 바이에이션 5
20 ~ 35cm

p146

투각 바리에이션 6
높이 55cm

p147 p148

투각 바리에이션 7
높이 47cm

p75

투각 바리에이션 8
꽃길, 높이 47cm

p111

투각 바리에이션 9
꽃길놀이, 높이 60cm
꽃 43송이

p10

투각 바리에이션 10
꽃길놀이, 높이 60cm
꽃 43송이

p11

투각 바리에이션 11
높이 32cm

p147

투각 바리에이션 12
과일 담器, 지름 28cm

p38

접시 5
24cm, 26cm

p198

접시 6
지름 35cm, 한 변 35cm

p109

접시 7
지름 30cm

p145

접시 8
길이 28cm, 15cm

p201

접시 9
30cm, 28cm, 26cm

p198

접시 10
지름 27cm

p199

소스 담器
그릇 8cm, 받침 36cm

p72

과일 담器 1

p41

과일 담器 2
지름 21cm, 높이 11cm

p108

밥 비비器 1
지름 22cm

p43

밥 비비器 2
지름 23cm

p197

밥 비비器 3
지름 18cm, 높이 10cm

p108

꽃 담器 12
지름 10cm, 높이 38cm

p144

나의 다器
꽃 담기 5cm, 차 담기 6cm
숙우 10cm

p109

달 닮器 1
32cm X 32cm

p150

달 닮器 2
달 닮은 그릇, 높이 35cm

p46

석류 문양 장군
길이 26cm

p6

솟대
오리 12 ~ 18cm
높이 130 ~ 180cm

p114

십자가
높이 28cm

p74

옛 오리
오리 길이 28cm

p73

오리 가족
오리 10cm, 오리 15cm
오리 22cm

p39